Petra Weise

Wer bin ich?

Roman

Bibliografische Information der Deutschen Nationalbibliothek
Die Deutsche Nationalbibliothek verzeichnet diese Publikation in der Deutschen
Nationalbibliografie; detaillierte bibliografische Daten sind im Internet über http://
dnb.dnb.de abrufbar

Titelbild:
Steffen Weise
Herstellung und Verlag: BoD – Books on Demand, Norderstedt

ISBN 9-783755-796152

–

Manchmal bin ich der Verzweiflung nahe,

wenn ich bedenke, dass ich weder weiß,
woher ich komme, noch was ich bin oder
wohin ich gehe

und was einmal aus mir wird.

Voltaire

Inhalt

Wer bin ich?

„Elvira, Schätzchen!"
Eine aufgebrezelte, stark geschminkte ältere Dame kommt strahlend auf mich zu, breitet ihre Arme aus und macht Anstalten, sich über mich zu beugen. Will sie mich etwa küssen?
Ich zucke zurück, drücke meinen Kopf tief ins Kissen und ziehe meine Bettdecke bis hinauf zur Nase. Trotzdem rieche ich das süßliche Parfüm der Frau, das mir sofort in den Kopf steigt. Sie soll mich nicht anfassen! Den ganzen Tag drückt und klopft jemand an mir herum, schließt Messgeräte an meinen Kopf und stellt Fragen, die ich nicht beantworten kann. Ich schließe die Augen und ziehe die Decke noch weiter hoch.
„Lass sie!", befiehlt streng ein Mann. „Wie geht es meiner Tochter?"
Vorsichtig blinzle ich in Richtung der Stimme und sehe, wie sich ein Mann bedrohlich vor dem Arzt aufbaut. Ungeduldig wippt er mit dem Fuß.
„Fragen Sie sie selbst! Ich lasse Sie jetzt besser allein."
Wütend runzelt der Mann die Stirn, doch der Arzt hat bereits das Krankenzimmer verlassen. Er wendet sich mir zu, schiebt die Frau beiseite und klopft derb auf meine Zudecke.
„Wird schon. Mit dem Arzt rede ich noch. Wie heißt

der?"

Ich antworte nicht, betrachte nur den dunkelgrauen Anzug und den graugestreiften Schlips über dem hellgrauen Hemd. Wo habe ich derartige Kleidung schon gesehen? Es fällt mir nicht ein.

Die Frau trägt eine grüne Trachtenjacke und einen Hut. Einen Hut! Am Hals funkelt eine schwere Goldkette mit einem großen lilafarbenen Stein, der gleiche Stein baumelt bei jeder Bewegung an ihrem Ohr hin und her. Ich konzentriere mich auf diesen Ohrring, um der Frau nicht in die Augen schauen zu müssen.

Ich weiß, dass diese beiden, die hier an meinem Bett stehen, meine Eltern sind, denn der Arzt hat mich auf ihren Besuch vorbereitet. Aber das glaube ich nicht, denn jeder erkennt seine Eltern. Diese Beiden kenne ich nicht.

„Ich bin deine Mama", flüstert die Frau mit weinerlicher Stimme, schaut mich gequält an, beugt sich zu mir herunter und drückt mir nun doch einen feuchten Kuss auf die Wange. Ich halte die Luft an, um das Parfüm nicht einatmen zu müssen.

Wie ist es möglich, dass ich mich nicht einmal an meine Mutter erinnere? Ich bin verpflichtet, meine Mutter zu lieben, aber ich kann es nicht. Sie ist mir fremd und unangenehm. Man kann seine Sprache vergessen und das, was vor dem Unfall passierte, aber nicht seine eigene Mutter! Doch statt einer Erinnerung sehe ich nur ein großes schwarzes

Loch, das mir von Minute zu Minute mehr Angst macht.

„Der Arzt sagt, du kannst dich an nichts erinnern, aber das schaffen wir schon."

*****

Mein Name ist Elvira, Elvira Huber, geboren am 5. Juni 1995. Das hat mir alles der Arzt gesagt und mir einen Ausweis in die Hand gedrückt. Das Passfoto zeigt ein hübsches junges Mädchen, das mir völlig unbekannt ist.

„Das ist Ihr Ausweis. Befassen Sie sich so oft wie möglich mit den Daten und versuchen Sie, sich an Ihr Leben vor dem Unfall zu erinnern. Hilfreich sind Fotos und Gespräche mit Ihrer Familie und Ihren Freunden."

Unfall klingt gefährlich. Dabei soll ich nur gestolpert und ungünstig gefallen sein. Beim Überqueren der Straße hätte ich die Bordsteinkante übersehen, sei gestürzt, mit dem Kopf auf das Pflaster geschlagen und einfach auf dem Fußweg liegen geblieben. Mein Freund wollte mir aufhelfen, aber ich hätte wie tot auf dem Boden gelegen. Deshalb rief er die Rettung, die mich ins Krankenhaus brachte.

Ich habe also einen Freund und weiß nicht, wie er aussieht. Warum sehne ich mich nicht nach ihm? Und warum meldet er sich nicht? Wie heißt er?

Er heißt Ulrich. Eine nette Krankenschwester hat mein Handy aufgeladen, damit ich meine Familie und Freunde informieren kann. Anfangs habe ich es versucht, aber ich kann mit keinem der vielen Namen etwas anfangen - außer mit *Mama*. Auch die dazugehörigen Fotos sagen mir nichts, ich erkenne keine einzige Person. Was sollte ich am Telefon sagen? Dass ich im Krankenhaus liege und gar nicht weiß, wen ich gerade anrufe? Also ließ ich es bleiben. Auch meine Mutter rief ich nicht an.

Ulrich meldete sich gleich am ersten Tag und schrie fast, dass es ihm leid tut. Was tut ihm leid? Dass ich gestürzt bin? Ich habe versucht, ihm zu erklären, dass ich mich an nichts erinnere, auch nicht an ihn. Aber er ließ mich nicht zu Wort kommen. Ich soll ihm nicht böse sein, es sei alles ein Missverständnis. Als ich ihn fragte, von welchem Missverständnis er redet, nannte er mich Zicke. Ich weiß bis heute nicht, warum. Deshalb drückte ich seinen nächsten Anruf weg. Besucht hat er mich nicht und auch keine Blumen geschickt, nur kurze Nachrichten auf mein Handy. Ich weiß, wie er aussieht, denn auf meinem Handy gibt es viele Fotos von ihm. Die meisten auf Partys.

Ich hatte also einen Unfall und kann mich deshalb an nichts erinnern. Bis auf eine Platzwunde am Kopf habe ich keine Verletzung, muss aber trotzdem den ganzen Tag im Bett liegen. Zur Beobachtung, weil mit meinem Kopf etwas nicht stimmt. Es gibt keine inneren Verletzungen. Der Arzt sagt, ich hätte nur einen Schock, der durch den Sturz ausgelöst wurde. *Nur* ein Schock. Für mich ist es ein furchtbarer Schock, dass ich mich an nichts und niemanden erinnere, nicht einmal an mich.

Ich kann mein Handy bedienen, rechnen, schreiben, sprechen, aber ich kann mich an keine Menschen und keine Erlebnisse erinnern.

Als mir der Arzt einen Spiegel vor die Augen hielt, hätte ich vor Schreck fast aufgeschrien. Das soll ich sein? Kurze rabenschwarze Haare, blaue Augen, eine winzige Stupsnase, unzählige Sommersprossen und ein viel zu großer Mund. Mein Anblick war ein furchtbarer Schock für mich. Nicht, dass ich hässlich bin, aber ich habe mich nicht erkannt. Gibt es das, dass man sich selbst nicht im Spiegel erkennt? Mir macht das große Angst! Wie soll ich mit mir leben, wenn ich gar nicht weiß, wer ich bin?

Laut Ausweis bin ich sechsundzwanzig Jahre alt und lebe in Unterschleißheim bei München.

Der Arzt sagt, ich kann morgen wieder nach Hause, weil meine Kopfverletzung nicht weiter behandelt werden muss. Außen ist alles in Ordnung, nur innen im Kopf, im Hirn nicht. Aber das wird schon wieder, sagt er. Ich brauche nur Geduld. Doch nicht einmal der Arzt weiß, wie lange ich darauf warten muss, bis meine Erinnerung wiederkommt. Eine Woche? Einen Monat oder gar noch länger? Vielleicht kann ich mich nie mehr erinnern, weder an mich noch an meine Familie und auch nicht an meine Freunde.

*****

„Morgen elf Uhr holt dich der Fahrer ab und bringt dich nach Hause", ordnet Vater an.

Welcher Fahrer? Welches Zuhause? In mein eigenes Zuhause oder in das meiner Eltern? Aber ich mag nicht fragen. Mir ist das alles zu viel. Ich möchte mich unter der Bettdecke verkriechen und niemals wieder hervorkommen.

„Hast du mich verstanden?", fragt er barsch.

„Ja, Vater", flüstere ich erschrocken.

„Du hast ihn immer Babb genannt", sagt Mutter und lächelt mich an.

Unter Babb fand ich in meinem Handy eine Nummer, aber kein Foto dazu. Ich dachte eher an Barbara oder ein Kürzel für eine Firma. Mir scheint Babb zu freundlich für einen Vater, der sich aufführt wie ein General. Wenn ich ihn Babb nannte, muss ich ihn sehr gern haben, *gehabt* haben. Jetzt ist er mir eher unangenehm.

„Daheim sagst du deiner Mutter, was du brauchst, sie wird sich darum kümmern."

Ich nicke und sehe, dass auch Mutter nickt.

„Habt ihr die Sprache verschluckt?", poltert Vater.
Er winkt mit der Hand ab und geht aus der Tür,
ohne sie hinter sich zu schließen.
„Dein Vater will mit dem Arzt sprechen. Und du?
Hast du noch einen Wunsch? Ich werde alles so
herrichten, wie du es willst."
Ich will, dass diese fremde Frau, die meine Mutter
ist, geht. Sofort! Ich weiß nicht, wie ich reagiere,
wenn sie mich in ihr Haus schleppen, obwohl ich
Ruhe brauche. Sicher lieben sie mich. Ich fühle
eine Art Verbundenheit, eine Zugehörigkeit, die mir
vielleicht nur der Arzt eingeredet hat. Ich weiß
nicht, was ich mag und was ich hasse. Ich weiß
gar nichts über mich und mein Leben. Es ist weg!
Sechsundzwanzig Jahre ausgelöscht!
Ich sehe, dass Mutter sich quält. Sie will alles richtig machen, nichts Falsches sagen. Das spüre ich.
Doch ich kann ihr nicht helfen, weil auch mir nicht
zu helfen ist.
Bitte geh!, bete ich im Stillen. Ich will nichts sagen
und nicht denken. Ich will meine Ruhe. Jetzt! Mein
Schädel brummt und mir ist zum Heulen zumute.

Der Arzt sagt, dass die Erinnerung zurückkommen
kann. Kann! Dass ich Geduld haben muss, Freunde treffen, Familienfotos anschauen und eine Therapie machen.

Daheim

Die Tür öffnet sich und mir schlägt eine Wolke schwer-süßliches Parfüm entgegen und hüllt mich ein. Unwillkürlich weiche ich einen Schritt zurück.

„Schätzchen! Komm rein!", ruft Mutter aus und strahlt mich an.

Das Haus ist riesig! Beeindruckend riesig. Schon der Eingangsbereich wirkt wie ein Empfangssaal mit Garderobenschränken an der Seite und einem breiten Treppenaufgang.

„Deine Wohnung ist oben links", sagt Mutter und zeigt auf die Treppe. „Ich habe dein Bett frisch beziehen lassen."

Beziehen *lassen*. So etwas macht sie nicht selbst. Ich habe also eine eigene Wohnung, aber im Haus meiner Eltern. Etwas unsicher steige ich hinauf und betrachte nebenbei die vielen Gemälde in goldenen Rahmen, die im gesamten Aufgang hängen. Sicher sind das Originale.

Die Tür zu meiner Wohnung steht offen. Ich gehe langsam hinein und sehe mich um. Mir gefällt nicht, was ich sehe, weil es in dem riesigen Raum keine freundlichen Farben gibt. Sämtliche Wände sind weiß gespachtelt und kahl – genau wie im Krankenhaus. Es gibt nicht einmal Bilder an den Wänden, keine Pflanzen und keinen Schnickschnack, an dem man erkennt, dass hier jemand lebt. Schränke, Sofa, Sessel und Tisch sind weiß und im rechten Winkel ausgerichtet. Das hat mir gefallen? Vielleicht früher. Heute mag ich keine Ecken und Kanten und keinen quadratischen Tisch. Zumindest nicht mehr.

Ich schiebe das Sofa schräg in den Raum, was ihn leider auch nicht wohnlicher macht. An den Fenstern fehlen Vorhänge und Blumen, nicht einmal auf dem Balkon gibt es welche. Mag ich keine Blumen?

Im Gegensatz zu den weißen Möbeln sind alle meine Kleider schwarz, rabenschwarz wie meine Haare. Ich finde das gruselig und nehme mir vor, gleich morgen eine hellblaue oder knallrote Sofadecke und viele bunte runde Kissen zu kaufen. Und Blumen.

„Elvira! Komm essen!", ruft Mutter.

Auf meinem Teller liegen gebackene Süßkartoffeln mit Roten Beten, kein Fleisch. Die Kartoffeln sind gut, aber die Roten Bete schmecken mir nicht.

„Gibt es kein Fleisch? Oder ein Ei?"

„Aber Schätzchen! Du isst doch immer vegan! Ich habe extra ..." Mutter seufzt und schaut mich halb verärgert und halb mitleidig an.

Ich weiß, was vegan ist. Veganer essen nur Gemüse, kein Fleisch, keine Milchprodukte, keine Eier, nicht einmal Brot. Das kann nicht gesund sein. Immerhin weiß ich, wie der menschliche Magen funktioniert. Überrascht merke ich, dass ich überhaupt etwas weiß. Aber ich wusste nicht mehr, dass ich tierischen Produkte ablehnte und habe jetzt großen Appetit auf ein Schnitzel. Wie ist das möglich?

„Ich habe nichts da", bedauert Mutter. Dann hellt sich ihr Gesicht auf und sie klatscht in die Hände.

„Weißt du was, wir fahren in die Stadt, lassen uns beim Italiener verwöhnen und geben eine Menge Geld aus."

Mutters gute Laune steckt mich an und ich sage ihr, dass ich bunte Kissen und T-Shirts kaufen will.

„Wunderbar!", ruft sie aus und klatscht noch einmal in die Hände. „Ein Mädelstag! Das hatten wir schon lange nicht mehr."

„Nicht?"

Kaum ausgesprochen, tut mir meine Frage leid. Aber Mutter kränkt es nicht, dass ich mich an diese Mädelstage nicht erinnere. Sie strahlt übers ganze Gesicht.

Was versteht Mutter unter einem Mädelstag? Meint sie, dass wir zusammen in die Stadt fuhren, shoppen und in den Gasthof gingen? Lieber würde ich allein oder mit einer Freundin durch die Geschäfte bummeln. Doch ich kann mich an keine Freundin erinnern.

*****

18

Wir fahren mit der S-Bahn ins Zentrum von München. Unterwegs erzählt sie, dass mein Vater ein hochgeschätzter Landrat von Unterschleißheim ist, der größten Kommune des Kreises München. Sein Büro und seine Zweitwohnung befinden sich in der Landeshauptstadt.

„Er wohnt nicht bei uns?"

„Er ist so gut wie nie daheim, weil er so viel zu tun hat. Versammlungen, Besprechungen, Geschäftsessen und vieles mehr. Er hat sich extra freigenommen, um dich im Krankenhaus zu besuchen."

Ich bin ihm dafür dankbar, aber es wäre nicht nötig gewesen, weil ich nur wenige Tage dort bleiben musste. Mir hat schließlich nichts gefehlt, nur mein Gedächtnis.

„Dein Vater hat sein eigenes Leben, das fast ausschließlich aus Politik besteht. Während der ersten Jahre habe ich ihn unterstützt, aber ..."

„Aber?"

„Er arbeitet oft bis spät in der Nacht, da bleibt es nicht aus", erklärt Mutter.

„Was bleibt nicht aus?"

Sie schaut mich halb verzweifelt und halb zögernd an.

„Du weißt es nicht mehr?"

Natürlich nicht. Wovon redet sie? Nichts weiß ich. Diesen ständigen Druck, ich soll mich erinnern, halte ich nicht mehr aus, weil ich mich an rein gar nichts erinnern kann. Mutter schaut mich fragend an und erwartet, dass ich freudig ausrufe: „Ach ja! So war das! Ich weiß es wieder!" Aber das passiert nicht und ich sehe, wie sehr sie enttäuscht ist. Alle werden enttäuscht sein, wenn ich sie nicht erkenne. Doch am meisten enttäuscht bin ich selbst.

Ich frage nicht nach, wovon Mutter redet und was ich wissen sollte. Wozu auch? Ich wollte nur höflich sein und ein Gespräch führen. Aber das ist nicht möglich, weil jedes Gespräch schon im zweiten Satz stockt wegen meiner fehlenden Erinnerung. Deshalb verstehe ich keine Zusammenhänge, was niemandem auffällt. Nur mir. Es ist frustrierend.

Ich schaue aus dem Fenster und beobachte, wie die Häuser an mir vorbeifliegen. Bin ich mit der S-Bahn zur Arbeit gefahren? Kann ich überhaupt wieder arbeiten, wenn ich nicht einmal weiß, was ich gemacht habe und wo die Firma ist?

„Mir ist übel."

„Verträgst du das Rückwärtsfahren nicht?"

Das weiß ich nicht. Möglich ist es. Vielleicht habe ich früher immer so gesessen, dass ich sehe, was kommt. Jetzt sehe ich das, woran ich bereits vorbei gefahren bin.

„Komm, setz dich zu mir!", bittet Mutter und klopft auf den Platz neben sich.

So muss sie mich nicht anschauen, was mir nur recht ist.

„Du weißt, dass ich viele soziale Aufgaben in unserem Landkreis habe."

Ich nicke, obwohl mir nicht klar ist, was genau sie darunter versteht.

„Dein Vater hat oft bis spät in der Nacht Besprechungen und danach lohnt es nicht mehr, nach Hause zu kommen. Deshalb lebt er in seiner Stadtwohnung und nicht bei uns."

Irritiert schaue ich Mutter an. Sie lächelt. Doch das Lächeln sieht nicht wie ein Lächeln aus, sondern wie ein bemühtes Zähnezeigen, das nur wie ein Lächeln aussehen *soll*.

„Er muss morgens vor neun Uhr in seinem Büro sein." Sie klopft auf meinen Arm. „Zu bestimmten gesellschaftlichen Ereignissen begleite ich ihn, weil ich als seine Frau an seine Seite gehöre. Doch bei politischen Veranstaltungen übernimmt diesen Part seine Assistentin."

Wieder klopft sie auf meinen Arm, dieses Mal heftiger und räuspert sich. Ich glaube, sie überlegt, ob sie weiterreden oder es dabei belassen soll.

„Dein Vater verbringt logischerweise viel Zeit mit seiner Assistentin, mehr Zeit als mit seiner Familie. Da bleibt es nicht aus. Du verstehst?"

Nichts verstehe ich! Ich habe sie vorhin schon gefragt, was da nicht ausbleibt. Aber sie hat meine Frage nicht beantwortet. Noch einmal frage ich nicht.

Seit ich wieder daheim bin, fragt sie, was ich gern wissen möchte. Aber was soll ich fragen, wenn ich gar nichts weiß? Weder von mir selbst noch von meinem früheren Umfeld. Und jetzt habe ich eine Frage, aber sie verweigert mir die Antwort. Ich werde überhaupt nichts mehr fragen.

„Weißt du nicht mehr, dass wir manchmal nächtelang zusammen geweint haben?"

„Warum denn geweint?"

Nun habe ich doch wieder gefragt, obwohl ich das nicht mehr tun wollte.

Mutter legt den Arm um mich und sagt leise: „Dein Vater ist nur noch für die Öffentlichkeit mein Mann, für den guten Ruf. Es würde seinem Ansehen, seiner hohen Position im Amt schaden, wenn er sich scheiden ließe."

Meine Eltern spielen den Leuten eine Ehe vor, die es gar nicht gibt? So eine Heuchelei! Enttäuscht drehe ich mich zur Seite, ich mag Mutter nicht ansehen. Wer weiß, was sie *mir* alles vorspielt? Ich kann ihr nicht vertrauen.

„Und du spielst diesen Zirkus mit!", fauche ich.

Wieder räuspert sie sich, dann lächelt sie. Dieses Mal ist es ein echtes Lächeln.

„Weißt du, nach unseren vielen Ehejahren fällt mir kein Grund ein, warum wir zusammenleben sollten, aber viele, weshalb ich froh bin, dass dein Vater anderswo lebt. Der Hauptgrund ist wohl die Politik, mit der er mehr verheiratet ist als jemals mit mir."

Wieder lächelt sie und blinzelt mir dabei zu.

„Außerdem: ich habe nichts auszustehen, werde als Frau Landrat geachtet und genieße mein schönes Leben. Man muss klug sein und sich nicht über Dinge ärgern, die man sowieso nicht ändern kann."

Sie nennt es klug, ich nenne es falsch und verlogen. Hat mich das früher nicht gestört? War ich so klug wie Mutter und habe einfach mein schönes Leben genossen? Falls es so war, mag ich mein früheres Ich nicht mehr. Es lohnt nicht, danach zu suchen. Ein neues Ich wäre mir lieber. Ich muss es nur finden.

„Grüß Sie Gott, Frau Landrat!" Der Kellner verbeugt sich vor Mutter. „Und das schöne Fräulein Tochter."

Wieder verbeugt er sich, dieses Mal vor mir. Es wirkt ehrfürchtig, nicht unterwürfig. Mir ist es trotzdem unangenehm.

„Habe die Ehre!", sagt er. „Bitte folgen Sie mir!"

Er führt uns zu einem Tisch am Fenster im hinteren Bereich, von dem aus wir alles übersehen können und gleichzeitig ungestört sind.

„Aperol Spritz?"

„Nein, heute nehmen wir Martini, rot", bestellt Mutter und schaut mich fragend an.

Ich nicke und wundere mich, dass mir beide Getränke geläufig sind und ich mich bereits auf den Aperitif freue.

Mutter schaut nicht in die Karte, zwinkert dem Kellner zu und sagt: „Rotwein und Spaghetti mit Meeresfrüchten und vorher das Bruschetta-Quartett."

Wir sind in München, also weitab vom Meer. Warum will sie ausgerechnet Fisch essen?

„Und veganer Couscous-Salat mit Tomaten und Öl für das edle Fräulein?"

Das *edle Fräulein* amüsiert mich, aber nicht das vorgeschlagene Gericht. Ich habe Hunger und unbändigen Appetit auf Fleisch. Deshalb wähle ich zum Rotwein Penne mit Hähnchenbruststreifen in Currysahnesoße mit gebratenen Mandeln.

Das Essen ist ein wahrer Genuss. Ich habe das Gefühl, noch nie in meinem ganzen Leben so etwas Köstliches gegessen zu haben. Obwohl ich satt und überaus zufrieden bin, lasse ich mich zu einer Nachspeise überreden. Zabaione mit heißen Himbeeren, das I-Tüpfelchen auf unser üppiges Mahl.

Anschließend gehen wir ins Kaufhaus und kaufen für mich mehrere bunte Pullis, die meine traurig schwarzen Klamotten ergänzen und freundlicher machen. Ich finde außerdem hübsche Porzellankaffeebecher in verschiedenen Blautönen und eine türkisfarbene Sofadecke mit passenden Kissen.

Mutter besteht darauf, alles zu bezahlen. Sie freut sich sichtlich, mir jeden Wunsch zu erfüllen. Und ich freue mich über die vielen prall gefüllten Päckchen und Tüten und vergesse ganz meinen Kummer. Zum ersten Mal freue ich mich darüber, etwas zu vergessen.

Vergessen. Alles habe ich vergessen.

Ich habe auch vergessen, dass wir eine Haushilfe haben. Sie erledigt die Wäsche, putzt täglich die vielen, meist ungenutzten Räume und hilft in der Küche, wenn Gäste erwartet werden. Zu solchen Anlässen ist auch Vater daheim und spielt den Hausherrn.

Mir scheint das Haus viel zu groß mit seinen sieben Räumen, einer großen modernen Küche und drei Bädern, dazu die zwei Wohnungen im Dach für meine Schwester und mich. Meine Schwester heißt Evelyne und verbringt nur die Wochenenden daheim.

Ich habe noch einen älteren Bruder, der nicht mehr im Haus wohnt. Er heißt Elmar und ist Arzt.

*****

„Ich kenne diese Leute nicht!", schreie ich und stoße die Fotoalben vom Tisch. „Ich will sie auch nicht kennen."

„Aber Elvira!", mahnt Mutter. „Sei nicht kindisch!"

Sie quält mich mit ihren unzähligen Bildern von Familienfeiern und Urlaubsreisen, zeigt auf die Personen und nennt Namen. Dabei schaut sie mich erwartungsvoll an, um in meiner Mimik den Moment nicht zu verpassen, an dem ich mich endlich an all die schönen Erlebnisse mit all den vielen lieben Menschen erinnere. Sie will mir alles vermitteln, was ich doch wissen *muss*. Aber ich weiß es eben nicht. Jedes neue Foto macht mich noch unglücklicher als ich ohnehin schon bin. Ich kann nicht mehr! Ich will auch nicht mehr. Ich will nur meine Ruhe.

Vater glaubt nicht an meinen Gedächtnisverlust, er hält mich für stur und unwillig. Ich soll mich bemühen. Aber wie geht das? Ich starre auf die fremden Leute auf den Fotos und kann nichts damit anfangen. Ich finde darin mein Leben nicht wieder. Es ist weg, verschwunden, es existiert nicht mehr.

Auf keinem der Fotos erkenne ich mich. Das dünne Mädchen mit den blonden Haaren soll ich sein? Ich habe schwarze Haare.

„Aber Schätzchen! Du hast sie gefärbt, weil Blond dir plötzlich zu tugendhaft war, nicht cool genug."

Mutter lacht, aber ich lache nicht, weil ich verzweifelt bin. Wieso mag oder mochte ich meine eigene Haarfarbe nicht?

„Nun lach doch mal!", fordert Mutter.

Aber ich bin zu enttäuscht, um zu lächeln oder etwas zu sagen. Wenn ich nicht einmal mich selbst erkenne, wie sollte ich meine Familie und Freunde erkennen können?

„Auf diesem Foto kletterst du im Zugspitzmassiv mit deinem Lieblingsonkel Robert."

Mich gruselt, wenn ich sehe, wie das kleine Kind,

das ich sein soll, die steile Felswand hinaufsteigt. Ich habe keinen Bezug zu dem Berg und erst recht keinen zu diesem Mädchen. Mich macht das alles verrückt.

„Hier ist wieder dein Bruder", sagt Mutter und tippt mit ihrem Finger auf einen schlaksigen jungen Mann. „Vielleicht weißt du noch, dass Elmar dich einmal gerettet hat."

Nein, ich weiß es nicht, aber sie wird es mir sicher gleich erzählen.

„Elmar nahm dich mit an den Unterschleißheimer See. Als er mit seinen Freunden Volleyball spielte, bist du mit der Luftmatratze hinaus gepaddelt. Dein Bruder wollte nach dir schauen und sah, wie du genau in diesem Moment ins Wasser fielst. Er wusste, dass du nicht schwimmen kannst und ist dir sofort zu Hilfe geeilt. Er hat dir das Leben gerettet."

Daran erinnere ich mich nicht, weder an Elmar noch an dieses schlimme Abenteuer.

„Noch am gleichen Tag meldete ich dich zum Schwimmkurs an."

Das klingt besorgt und fürsorglich. So sollte eine Mutter auch sein. Das weiß ich. Aber ich erinnere mich an keine Fürsorglichkeit, an keine liebevolle Umarmung, an nichts.

Ich versuche, mir die vielen Namen der Leute einzuprägen, die mir Mutter in den verschiedenen Alben zeigt. Da sich aber die Menschen im Laufe der Jahre verändern und ich keinen Bezug zu ihnen habe, bleiben sie mir fremd, weshalb Mutter jedes Mal ausruft: „Aber Schätzchen, das habe ich dir doch eben erklärt!"

Die einzige Person, die ich immer wiedererkenne, ist meine Schwester Evelyne, weil sie sich auf jedem Bild eng an mich drückt. Schon als Kleinkind mit blonden Löckchen sitzt und steht sie auf jedem Bild dicht neben mir und ich umfasse ihre Schultern oder halte ihre Hand. Dabei sehen wir gar nicht wie Schwestern aus. Evelyne ist klein und rund wie eine Kartoffel, ich dagegen bin dünn und wirke mit meinen langen Armen und Beinen wie eine Bohnenstange. Nur unsere Haare sind von der gleichen goldblonden Farbe, was mir richtig gut gefällt. Leider habe ich meine Haare schwarz gefärbt, was hart wirkt und meine Haut blasser scheinen lässt als sie ist. Hoffentlich verwächst sich die krasse Farbe bald.

„Dieses Bild wurde auf deinem Abschlussball gemacht", erklärt Mutter. „Ich hätte es nicht einkleben sollen."

„Warum?"

Mutter räuspert sich, als sei sie verlegen.

„Naja, es war *dein* Tag, aber du wirkst in diesem Kleid so verloren, so ungünstig neben Evelyne."

Ich betrachte die Aufnahme und finde, dass ich in dem bodenlangen Kleid aus dunkelblauer Spitze, den hochgesteckten blonden Haaren und blauen Augen toll aussehe, groß, schlank und schön wie ein Model. Evelyne ist gut einen Kopf kleiner als ich und trägt ein rosafarbenes kurzes Kleid mit tiefem Ausschnitt, der ihre üppigen Brüste zeigt. Das lässt sie etwas gedrungen wirken, fast schon dick. Ihre wulstigen Lippen betont ein rosafarbener Lippenstift. Mir drängt sich der Gedanke an ein Schweinchen auf. Fast hätte ich ihn laut ausgesprochen, doch ich will nicht gemein sein, das will ich wirklich nicht. Aber auch das Zurückhalten von Worten kann gemein sein.

„Evelyne wirkt wie eine Lolita", sagt Mutter bewundernd.

Eine Kindfrau, die auf ihre weiblichen Reize reduziert wird, aber noch nicht ganz erwachsen ist. Ja, das trifft es.

„Ich hatte immer gehofft, dass du auch einmal so aufblühst wie deine kleine Schwester. Aber du bist dünn geblieben."

Mutter findet also, dass ich neben Evelyne ungünstig wirke. Noch einmal betrachte ich das Bild und denke, dass Evelyne neben mir keine gute Figur macht und schäme mich sofort für meinen Gedanken, weil meine Schwester wirklich die Hübschere von uns beiden ist.

Mutter legt ihren Arm um mich.

„Du siehst auch nicht schlecht aus, wirklich nicht. Durch deinen Sport bist du in die Höhe geschossen und konntest dich nicht so entwickeln wie Evelyne. Das wird schon noch. Vielleicht beneidet dich deine Schwester ebenso wie du sie."

Ich beneide sie nicht, weil ich Neid ganz furchtbar finde.

„Evelyne kommt wie immer am Wochenende nach Hause. Sie wollte schon dabei sein, wenn du aus dem Krankenhaus entlassen wirst, aber der Arzt hat davon abgeraten."

Ich seufze erleichtert, denn ich kann nicht noch jemanden verkraften, der davon ausgeht, dass ich ihn erkenne und mich über das Wiedersehen freue. Meine Schwester wird enttäuscht sein, weil ich sie nicht erkenne und Mutter wird ausrufen: „Aber das musst du doch wissen!"

Ich weiß es aber nicht!

Seit einer guten Stunde sitze ich schon hier und betrachte brav die vielen Fotos, obwohl ich von der ersten Minute an genervt und inzwischen restlos erschöpft bin. So sehr ich mich auch bemühe, ich kenne niemanden und will auch niemanden mehr erkennen. Es bringt nichts. Nur Frust.

Langsam greife ich nach dem Glas mit Orangensaft und will es in die Küche tragen. Aber ich stoße es um. Der Saft ergießt sich über die Bilder und macht hässliche Flecken. Das wollte ich nicht.

„Elvira!", schreit Mutter auf. „Du zerstörst unsere schönen Erinnerungen!"

Mich macht ihr Ausruf wütend, zumal ich den Saft

nicht absichtlich auf die Fotos geschüttet habe.
Mutter *hat* ihre schönen Erinnerungen, ich nicht.
Ich habe gar nichts. Nur dieses schwarze Loch in
meinem Kopf, sonst nichts.

Ich springe auf, aber nicht, um das Chaos, das ich
angerichtet habe, zu beseitigen. Dabei fällt eines
der vielen Alben zu Boden.

„Elvira!"

„Wenn du noch einmal, ein einziges Mal von früher
anfängst und verlangst, ich solle mich daran erinnern, gehe ich und komme nie mehr zurück!"

Mutter verspricht es. Aber ich weiß, sie wird ihr
Versprechen nicht halten, weil sie es nicht kann.
Sie will, dass ich mich erinnere und wieder die
Elvira bin, die sie kennt. Aber ich weiß nicht, wie
diese Elvira ist, was und wen sie mochte.

Mir kommen die Tränen. Es sind Tränen der Wut
und Verzweiflung. Meine Drohung, fortzugehen,
habe ich nicht ernst gemeint, natürlich nicht. Und
doch denke ich jetzt, dass es wohl die einzige
Möglichkeit ist, zur Ruhe zu kommen und zu mir
selbst zu finden – wer immer ich auch sein mag.

*****

„Am Wochenende feiern wir ein richtiges Begrü-
ßungsfest für dich, Schätzchen. Ich habe alle deine
Freunde eingeladen, auch Onkel Robert und seine
Frau ..."

31

„Ohne mich zu fragen? Mir reichen Evelyne und Elmar vollkommen aus."

„Aber Schätzchen! Alle freuen sich, dass du wieder daheim bist und wollen dich sehen. Auch Ulrich!"

Ulrich ist mein Freund. Ich erinnere mich nicht an Ulrich, aber an unser Telefongespräch im Krankenhaus. Ich sollte ihm verzeihen, aber ich wusste nicht, was ich verzeihen soll. Er wollte mir nicht glauben, dass ich mich an nichts mehr erinnere und nannte mich Zicke. Das habe ich nicht vergessen. Auch nicht, dass er mich weder besuchte noch Blumen schickte. Ich weiß, wie er aussieht, denn auf meinem Handy gibt es viele Fotos von ihm.

„Ich will außer meinen Eltern nur meine Geschwister sehen. Mehr ertrage ich nicht."

„Du wirst lernen müssen, dich zu arrangieren."

Entgeistert schaue ich sie an.

„Das lässt sich nicht mehr ändern, weil ich die Einladungen bereits verschickt habe."

Sie hat Einladungen verschickt wie zu einem Empfang? Ohne mich zu fragen? Ich fasse es nicht!

„Dann rufe die Leute an und sage ab!", schreie ich aufgebracht und merke, dass meine Hände zittern und mein Kopf zu platzen droht.

„Was ist dir, Kind?"

Mutter legt ihre Arme um meine Schultern und ich werde sofort ruhiger.

„Der Arzt sagt, dass ich im Moment kein Fest mit

vielen Leuten verkrafte und erst einmal viel Ruhe brauche."

Beim Wort *Arzt* gibt Mutter nach.

Ruhe! Ich will nichts als meine Ruhe. Doch nicht einmal in der Nacht finde ich Ruhe. Selten schlafe ich vor 3 Uhr ein, weil ich mir meinen leeren Kopf zermartere, in dem ich nichts finde und trotzdem nicht aufhören kann zu grübeln. Ich kann nicht schlafen. Mutter hat mir warmes Bier zum Abend serviert. Aber es half nicht. Am nächsten Tag stellte sie heißen Kakao mit Honig ans Bett. Und heute steckt sie mir eine Packung Schlafmittel zu.

„Die kannst du unbesorgt nehmen, sie sind rein pflanzlich."

Aber ich mag keine chemischen Hilfsmittel, auch keine pflanzlichen. Ich will Ruhe finden, ob nun mit oder ohne Erinnerung.

Anwaltskanzlei

Ich habe Rechtswissenschaften studiert, fünf lange Jahre, und mein erstes Staatsexamen erfolgreich abgeschlossen. Nun absolviere ich in der Kanzlei Stockmann zwei Jahre Rechtsreferendariat, eine Art Vorbereitungszeit auf meine eigentliche Arbeit und das zweite juristische Staatsexamen. Erst danach kann ich als Anwalt richtig Geld verdienen.

Von meiner aktuellen Besoldung bleibt kaum ein Tausender übrig, weshalb ich mir momentan keine eigene Wohnung in München leisten kann. Muss ich auch nicht, weil ich gut im Haus meiner Eltern lebe und von ihnen finanziell großzügig unterstützt werde. Geldsorgen habe ich also nicht. Meine größte Sorge ist, dass ich alles vergessen habe, was ich in meiner langen Studienzeit lernte.

Mir ist unbehaglich zumute, als ich die Kanzlei betrete. Es herrscht eine seltsam feierliche Stimmung im Haus und ich fühle mich irgendwie verlassen, fast ängstlich.

„Grüß Sie Gott, Frau Huber!", werde ich an der Rezeption empfangen.

„Grüß Gott!", antworte ich und bemühe mich um einen lauten, selbstbewussten Ton.

Wer ist diese hübsche junge Frau in ihrem dunkelblauem Kostüm? Die Empfangsdame, das ist klar. Aber wie heißt sie? Offenbar duzen wir uns nicht. Ob sie wohl weiß, dass ich nichts mehr weiß? Ich hätte Mutter bitten sollen, meinen Chef vorzuwarnen. Aber vielleicht hat sie es von sich aus getan.

„Geht es Ihnen wieder gut?"

Ich nicke und danke für die Nachfrage.

„Der Chef erwartet Sie bereits."

Wieder nicke ich und überlege, in welche Richtung ich gehen muss. Da sehe ich, wie die Frau mit dem Arm nach rechts weist. Dankbar lächle ich sie an und gehe den Gang entlang, auf dem dicke persische Teppiche liegen. Überrascht merke ich, dass ich weiß, wie persische Teppiche aussehen.

„Frau Huber, ich grüße Sie!", ruft mir im Gang ein älterer Herr zu und verschwindet hinter einer hohen Holztür.

Er trägt einen dunklen Anzug, ein hellblaues Hemd und eine dunkelblaue Krawatte. Insgeheim danke ich meiner Mutter, denn sie hat mir entsprechende Kleider bereit gelegt: schwarzen Hosenanzug, weiße Bluse und schwarze Pumps mit flachem Absatz. Wirklich wohl fühle ich mich weder in diesem Aufzug noch in diesen dunklen Gängen. Alles wirkt irgendwie bedrückend.

Kanzlei Stockmann stand auf einem großen goldenem Schild am Eingang. Heißt der Chef so oder nur die Kanzlei? Gibt es mehrere Chefs?

Schon das Vorzimmer mit schweren klassischen Möbeln wirkt einschüchternd auf mich.

„Gehen Sie hinein, Frau Huber! Herr Doktor Stockmann erwartet Sie!"

Also Herr Stockmann. Oder besser Herr Doktor? Ich hole tief Luft und betrete einen riesigen Raum mit einem überdimensionalen dunklen Schreibtisch und zwei klobigen braunen Ledersesseln. Ich mag klassische Möbel, doch zusammen mit den dunklen Holzwänden wirkt das Chefzimmer eher protzig als vertrauenerweckend.

„Fräulein Elvira!"

Mit offenen Armen kommt der Chef auf mich zu.

Sagt man heutzutage noch Fräulein? Ich weiß es nicht. Vielleicht ist das bei Anwälten so üblich.

„Ich habe Sie schon vermisst", ergänzt er und legt mir seine Hand auf die Schulter.

Das ist mir unangenehm, obwohl diese Dominanzgeste einem Chef natürlich erlaubt ist. Oder nicht?

„Sie haben viel aufzuholen! Lehrjahre sind keine Herrenjahre! Für den Fleißigen hat die Woche sieben Heute!"

Sieben Heute? Heißt es nicht sieben Tage? So richtig verstehe ich diesen Spruch nicht. Aber ich verstehe, dass ich mich an die Arbeit machen soll. Aber was genau ist meine Arbeit? Ich weiß es nicht. Seltsamerweise finde ich den Weg in mein Büro ganz von selbst. Vielleicht weiß ich auch ganz allein, was zu tun ist.

Das Büro, in dem ich zusammen mit einem Mann sitze, ist nicht einmal ein Viertel so groß wie das Büro des Chefs und mit schlichten modernen Möbeln ausgestattet. Die vielen Akten auf meinem Schreibtisch kommen mir vertraut vor, doch nicht der Mann. Weiß er, dass ich mich an nichts und niemanden erinnere? Soll ich es ihm gleich sagen oder lieber so tun, als wäre alles normal und mich an die Arbeit machen? Wie heißt der Typ? Ich habe nicht auf die Namensschilder an der Tür geachtet. Offenbar siezt man sich in der Kanzlei.

Der Mann am Schreibtisch gegenüber ist viel älter als ich und schaut mich mit gerunzelter Stirn an. Heißt das, er mag mich nicht?

Ich seufze und beschließe, mich forsch zu geben und somit keine Gelegenheit für einen Angriff zu bieten. Doch bevor ich etwas sagen kann, klingelt das Telefon und er hebt ab.

„Was ist? Nein, verbinden Sie nicht! Wieso privat?" Er brummt verärgert, hört kurz zu und brüllt: „Ich gebe am Telefon generell keine Auskunft! Auch Ihnen nicht! Nein, zum Stockmann verbinde ich Sie nicht!"

Ohne Abschiedsgruß legt er auf. Leider nannte er seinen Namen nicht. Nun bin ich so schlau wie zuvor und weiß nur, dass der Mann unfreundlich und unbeherrscht ist.

„Guten Morgen, da bin ich wieder, das fleißige Fräulein Huber."

„Setz dich und rede kein dummes Zeug! Für mich bist du die Elli und fertig."

Duze ich ihn auch? Mir ist das jetzt alles zu viel und ich würde am liebsten wieder nach Hause gehen und mich im Bett verkriechen. Was soll ich hier? Ich kenne niemanden, weiß nicht, was ich tun muss und was ich nicht darf. Mir kommen die Tränen und ich wische sie schnell weg.

„Heul nicht, du dummes Ding!", fährt mich der Typ an.

„Ich … Ich hahabe mein Gedächtnis verlohoren",

stammle ich.

„Wie praktisch!"

Nun heule ich wirklich. Während der ganzen Zeit im Krankenhaus und daheim habe nur Wut gespürt auf diese dumme Situation ohne Erinnerung. Mir liefen die Tränen nur aus hilflosem Zorn. Richtig weinen musste ich nicht. Und jetzt kann ich nicht mehr damit aufhören.

Der Mann seufzt.

„Mach´s halblang, Elli! Das wird schon wieder."

In einer Schreibtischschublade finde ich eine Tempobox, nehme ein Tuch heraus und putze mir gründlich die Nase. Zum Glück habe ich nicht auf Mutter gehört und mich geschminkt, das Make Up wäre jetzt voll verschmiert.

Die Tür zum Büro fliegt auf und kracht gegen die Wand. Eine kräftige Frau kommt mit derben Schritten näher, stützt die Hände in die Hüften und brüllt: „Du wagst dich nach all dem hierher?"

Erschrocken schaue ich auf, schlucke die letzten Tränen hinunter und überlege, ob ich jetzt wie in der Schule aufstehen muss. Ich habe das Gefühl, dass ich diese Frau nicht duzen darf, aber sie mich.

„Hast es nicht einmal nötig gehabt, anzurufen."

„Ich war krank."

„Aha", zischt sie verächtlich und schaut hinauf zur Decke. „Und was hast du *angeblich* gehabt? Ein schlechtes Gewissen? Oder nicht einmal das?"

Ich habe keine Ahnung, wovon die Frau spricht, und wage nicht, sie zu fragen.

„Dein Referendariat kannst du vergessen! Ich will dich hier nicht mehr sehen und sorge dafür, dass du in keiner anderen Kanzlei unterkriechen kannst! Hast du mich verstanden?"

Ich nicke und überlege, ob sie mich tatsächlich entlassen kann oder es sogar schon getan hat.

„Lassen Sie das Mädchen in Ruhe!", mischt sich mein Kollege ein. „Sie kann sich nicht erinnern."

„Du kannst dich nicht erinnern?", fragt die Frau und verzieht spöttisch den Mund. „Aber ich weiß noch sehr genau, wie du dich an meinen Mann rangeschmissen hast. Das hat ein Nachspiel für dich, du Flittchen!"

„Das musste jetzt nicht sein!", verteidigt mich der Mann.

Ich schaue ihn dankbar an.

„Ich vergesse nichts! Und du solltest dich auch ganz schnell an alle Einzelheiten erinnern! Hast du mich *jetzt* verstanden?"

Hilflos zucke ich mit der Schulter.

„Wie bitte? Ich höre nichts!"

„Ja, ich habe verstanden", flüstere ich und ziehe erschrocken den Kopf zwischen die Schultern, als die Tür hinter der Frau krachend ins Schloss fällt.

„Nichts habe ich verstanden", gestehe ich. „Muss ich nun gehen?"

„Ach, die Chefin schreit den ganzen Tag. Jede

Frau ist ihr ein Dorn im Auge, vor allem so hübsche junge Mädchen wie du."

Er lacht und zwinkert mir zu.

„Aber warum?"

„Weil ihr Mann jeden Rock anbaggert."

„Habe ich wirklich ...? Ich meine, ich und der Chef?"

Mir fällt die Umarmung in seinem Büro ein und ich merke, wie mir das Blut ins Gesicht steigt. So eine bin ich also? Oder *war* ich!

„Das glaube ich nicht. Aber warum fragst du? Das musst du doch selbst am besten wissen."

„Nichts weiß ich, gar nichts! Weil ich mich an nichts erinnern kann."

„Warst wohl besoffen?"

Wieder zucke ich mit der Schulter. Was soll ich auch sagen? War ich wirklich betrunken und bin dafür bekannt? Hier in der Kanzlei kann ich mir das allerdings nicht vorstellen.

„Du schaust wie ein verschrecktes Reh. Mach dich mal locker!"

Aber ich bin nicht locker. Ich bin kreuzunglücklich.

„Nun heul nicht wieder!"

„Ich ... Ich bin gestürzt und so ungünstig auf den Kopf gefallen, dass ich mein Gedächtnis verloren habe."

Ungläubig schaut mich der Mann an und lacht.

„Geile Story!"

Ich finde die Sache überhaupt nicht lustig. Doch

mir ist klar, dass mir keiner glaubt, nicht einmal mein Vater. Am besten, ich nehme die Kündigung der Chefin an und gehe nach Hause. Hier fühle ich mich ohnehin nicht wohl. Mochte ich früher diese Atmosphäre, die trockenen Akten, den Chef oder meinen groben Kollegen, der eigentlich ganz nett ist? Heute mag ich nichts davon. Der Arzt sagte, ich brauche Geduld und würde mich in mein früheres Leben wieder einfinden. Und wenn ich das gar nicht will? Wenn ich mich so, wie ich bin, nicht will? Das ist Unsinn. Es geht nicht, dass man sich selbst nicht will, weil man aus seiner Haut nicht aussteigen kann wie aus einem Kleid. Ich bin wie ich bin, aber vielleicht nicht mehr so, wie ich war.

Ich nehme die oberste Akte vom Stapel und schlage sie auf.

„Es ist seltsam. Ich kann alles lesen und verstehen, aber ich erinnere mich nicht an den Rechtsfall. Ich kann S-Bahn fahren, aber mir sind die Straßen und die ganze Stadt fremd. Am schlimmsten ist, dass ich niemanden mehr kenne, weder meine Eltern noch meinen Freund oder Kollegen. Ich vermeide Anreden, weil ich nicht weiß, ob das Du oder das Sie angebracht ist."

„Hoisakra! Du weißt wirklich nichts mehr?"

Ich schüttle verzweifelt den Kopf.

„Gar nichts."

„Guat! Ich bin der Fred, einfach Fred. Herr Merkl

sagt niemand zu mir, weil ich kein Anwalt bin, nur der Buchhalter. Verstehst?"

Nun muss ich lachen.

„Alle anderen werden gesiezt. Auch du. Nur für mich bist die Elli. Hoast mi?"

Ich nicke.

„Ich schick jetzt dem Chef ne Nachricht und pritsch ihm, dass seine Alte dir gedroht hat. Außerdem muss er dir Schonzeit geben."

Ich weiß nicht, ob das eine gute Idee ist. Trotzdem lächle ich Fred dankbar an. Jetzt habe ich einen Verbündeten.

In die Aktenbearbeitung finde ich mich zum Glück hinein, aber ich ermüde schnell.

„Gibt es keine Mittagspause?"

Fred lacht.

„Für uns gibt es kein Arbeitszeitengesetz. Gesetze gelten nur für unsere Mandanten. Aber du kannst im Pausenraum Kaffee trinken. Hier am Schreibtisch wird nicht gegessen und getrunken."

Den Pausenraum finde ich problemlos. Problematisch finde ich die drei Kollegen, die dort sitzen. Eine Frau bedrängt mich unangenehm, die beiden Männer tun, als wäre ich Luft. Ich weiß nicht, wen ich mag und wen nicht. Es ist zum Haare ausraufen!

„Kannst heimgehen!", sagt Fred. „Die offizielle Arbeitszeit ist rum."

Erleichtert seufze ich, denn ich fühle mich unglaublich erschöpft.

„Wie kommst heim? Wirst abgeholt?"

„Nein. Mutter hat mir die S-Bahn-Linie aufgeschrie-
ben und die Station, wo ich aussteigen muss."

„Gut! Wirst es schon packen. Bist ja nicht blöd."

Wochenende

„Zur Feier des Tages nehmen wir das *Meißner*",
verkündet Mutter.

Ich weiß, dass sie ihr gutes Geschirr meint, weiß
aber nicht mehr, wie es aussieht. Erwartet hätte ich
jetzt verschnörkelte Blumen, aber das Porzellan ist
schlicht weiß mit einem rotgolden geschwungenen
Rand. Auch das Silberbesteck ist schlicht, ebenso
die einfarbig roten Stoffservietten und die Kristall-
gläser. Das gefällt mir.

Ich helfe Mutter beim Tischdecken.

Die Tür fliegt auf. Evelyne stürmt herein und fällt
mir jubelnd um den Hals.

„Ich bin fast verrückt geworden vor Sorge, aber ich
konnte nicht weg. Wie geht es dir? Kannst du dich
wirklich nicht erinnern? Warum hast du mir nicht
geantwortet?"

So viele Fragen auf einmal verwirren mich.

„Worauf geantwortet?"

„Ich habe dich tausend Mal angerufen und dir eine Million SMS geschickt."

Hilflos zucke ich mit der Schulter. Natürlich kamen viele Anrufe, doch die drückte ich alle weg, weil ich mit den Namen nichts anfangen kann.

„Ich weiß erst seit vorgestern, dass ich eine Schwester habe, die Evelyne heißt. Doch dieser Name steht überhaupt nicht auf meiner Liste."

„Weil ich die Evi bin, du dumme Nuss! Und du bist die Elli."

Ich muss lachen, denn Evi auf meiner Liste hätte mir auch nicht weitergeholfen.

Evi und Elli – das klingt wie Musik, besser jedenfalls als das steife Evelyne und Elvira. Meinen Namen finde ich recht seltsam, obwohl er durch das A am Ende freundlicher klingt als Evelyne mit seinen drei E und dem traurigen Y.

„Können wir anfangen?", fragt Vater streng.

Er begrüßt mich nur kurz und setzt sich gleich an den Tisch. Prüfend schaut er erst auf seine Uhr am Handgelenk und dann auf die große Uhr an der Wand.

„19 Uhr! Du kannst auftragen!"

„Wir warten auf Elmar", bestimmt Mutter.

Ungeduldig klopft der Vater mit dem Löffel auf den Tisch, greift nach der Brezn und beißt hinein. Mutter seufzt, sagt aber nichts.

„Pünktlichkeit ist eine Form des Respekts", poltert

er. „Ich erwarte auch von meinem Sohn Respekt."

„Ah! Der Herr Doktor!", spottet Evi, als Elmar zur Tür hereinkommt.

Ich weiß inzwischen, dass ihn alle Doktor nennen, obwohl er nie eine Doktorarbeit geschrieben hat, sondern Assistenzarzt in der Augsburger Universitätsklinik ist. Dort lebt er mit seinem Freund William zusammen. Vater macht kein Hehl daraus, was er von *Schwuchteln* hält. Elmar scheint das nicht zu stören, denn er bedauert, dass Will heute Dienst hat und deshalb nicht mit hierher kommen und am Fest teilnehmen kann.

„Das fehlte noch!", brummt Vater. „In meinem Haus herrscht Ordnung", obwohl er gar nicht hier, sondern bei seinem *Flitscherl* in der Stadt lebt.

Vater tut so, als säße Elmar nicht mit am Tisch. Er übersieht ihn einfach und richtet nie das Wort an ihn. Doch mein großer Bruder plaudert ungezwungen über dies und jenes und führt das Tischgespräch. Mir ist das angenehm, zumal er mich mit keiner einzigen Frage nervt.

Elmar ist ein auffallend schöner Mann mit breiten Schultern, einem ebenmäßigen Gesicht, freundlichen blauen Augen und blonden Haaren und mir sofort sympathisch.

Nun trägt die Mutter Leberknödelsuppe auf, danach Schweinsbraten mit Kartoffelsalat und zum Abschluss Kaiserschmarrn. Obwohl ich bereits von der gehaltvollen Suppe satt bin, genieße ich den

Braten und sogar den Nachtisch.

Nach dem Espresso springt Evi auf und verkündet, dass wir jetzt ausgehen. Wohl ist mir nicht dabei, weil sie eine Überraschung ankündigt. Ich mag keine Überraschungen. Hoffentlich hat sie nicht alle vermeintlichen Freunde von mir zusammengetrommelt, die ich allesamt kennen sollte und die mich mit Erinnerungen bedrängen werden, die ich nicht teilen kann und mir nichts bedeuten.

*****

Der Himmel ist grau verhangen und es regnet. Ich mag Regen. Oder mag ich ihn nur, weil er zu meiner trübseligen Stimmung passt?

Wir fahren mit der S-Bahn in die Stadt und gehen sofort in eine Bar.

„Ich lade euch ein!", ruft Elmar aus. „Aber nur euch zwei, die anderen zahlen ihre Drinks selbst."

Welche anderen? Ich hatte gehofft, den Abend mit meinen Geschwistern zu genießen. Ich möchte keine Leute treffen, kann es aber nicht verhindern, denn offenbar war ich früher häufig hier, denn immer wieder winkt mir jemand zu und freut sich, mich zu sehen. Alle sind nett und strahlen gute Laune aus, doch ich habe Angst. Ich will nicht, dass sich jemand zu uns gesellt und ich zugeben muss, dass ich ihn nicht kenne.

„Keine Sorge!", raunt mir Evi zu. „Ich habe Ute und

Ulrich vorgewarnt. Sie wissen, dass du dein Gedächtnis verloren hast."

Ein Paar steuert direkt auf uns zu. Der Mann könnte Ulrich sein, weil er den Fotos in meinem Handy ähnelt. Jeder umarmt und küsst jeden, was mir sehr unangenehm ist. Ich weiß, dass die beiden Bussis links und rechts auf die Wangen ein ganz normales Begrüßungsritual ist. Aber so lange mir nicht klar ist, wer diese beiden sind, verharre ich in einer Art Unruhe wie auf einer Lauer. Mit den Augen suche ich nach einem Fluchtweg. Wo sind die Toiletten?

„Deine beste Freundin Ute", stellt mir Evi die übertrieben festlich hergerichtete Frau vor. „Und dein Schatz Ulrich."

Sie zeigt auf den Mann.

Mein Schatz? Also mein Freund, mit dem ich möglicherweise intim bin. Ulrich ist ebenso groß wie Elmar und ebenso blond und wirkt in natura noch besser als auf den Handyfotos. Er sieht gut aus mit seinem weißen Pullover über einer dunkelbraunen Hose und ebenso dunkelbraunen, blankgeputzten Lederschuhen. Ich sollte mich über das Wiedersehen freuen, aber ich mag ihn nicht, weiß aber nicht, warum.

„Mit Ulrich bin ich zur Schule gegangen. Das heißt, er ist mein bester Freund", erklärt Elmar.

„Weiß sie doch! Stimmt's, Maus?"

Ich will niemandes Maus sein. Doch wenn Ulrich

47

Elmars Freund ist, ist er sicher so nett und zuverlässig wie mein Bruder. Vermutlich habe ich ihn über Elmar kennengelernt.

Als er mich um die Hüfte fasst und an sich zieht, stemme ich meine Arme dagegen.

„Bitte! Ich brauche Zeit."

„Wofür?"

„Ich halte diesen Lärm, die vielen Leute und ..."

„Alles klar, Süße!" Ulrich grinst mich an. „Wir verschwinden gleich und feiern unser Wiedersehen in meinem Bett."

Erschrocken weiche ich einen Schritt zurück. Am liebsten hätte ich ihn angeschrien, dass ich ihn nicht kenne und auch nicht mag, doch mir kommt kein Laut über die Lippen.

„Lass sie!", sagt Elmar und reicht mir ein neues Glas mit einem grünen Getränk.

Ich weiß sofort, dass es Grüne Wiese heißt und ein Mix aus Blue Curacao, Orangensaft und Sekt ist. Offenbar erinnere ich mich nur nicht an Personen und Orte, die mit diesen Personen zusammenhängen wie der Weg nach Hause oder in die Kanzlei oder in diese Bar.

Mir fallen auch die Titel der Lieder ein, die in der Bar gespielt werden. Aber ich kann das Gejaule und Gejammer von Justin Bieber, Ed Sheeraan und Travis Scott nicht ertragen.

„Mir brummt der Kopf von dieser unmöglichen Musik", stöhne ich.

„Aber Süße! Das sind doch genau unsere Songs, megageil!"

Ute verdreht ihre Arme nach den Seiten, geht leicht in die Knie und schwenkt ihre Hüften im Takt. Ich wende mich ab.

Ulrich lässt mich nicht in Ruhe. Er packt mich fester und zieht mich näher.

„Lass das!", fauche ich.

„Bist noch sauer?"

„Warum?"

„Du hast meine Anrufe weggedrückt. Ich dachte, du wolltest mich bestrafen." Er blinzelt mir zu. „Bist schließlich auch kein Unschuldsengel."

Was meint er damit?

„Du hast ja Sommersprossen!", kreischt Ute plötzlich und drängt sich zwischen Ulrich und mich.

„Schon immer!", antworte ich.

Habe ich wirklich schon immer Sommersprossen? Ich glaube schon, aber ich bin mir nicht sicher, wenn es nicht einmal Ute weiß. Vielleicht sind sie erst nach meinem Erwachen nach dem Unfall entstanden? Vielleicht habe ich sie früher mit Make-up überschminkt. Früher ging ich nie ohne Make-up aus dem Haus. Das sagen alle. Und das beweisen auch die vielen Farben, Pinsel und Stifte in meinem Bad. Ich mag sie alle nicht.

„Elvira ist die Herrscherin der Dunkelheit", raunt mir Ulrich zu.

Was soll das jetzt wieder?

„Ist ne amerikanische Horrorserie, mit der dich dieser Idiot immer aufzieht", zischt Ute und wirft Ulrich einen verächtlichen Blick zu. „Ich habe deinen Namen gegoogelt und herausgefunden, dass Elvira die Lebhafte, die Bedeutende bedeutet."

Wem bedeute ich etwas? Ulrich? Meiner Familie? Meinen Freunden? Oder mir selbst? Wenn ich mir etwas bedeute, muss ich hier weg und zwar sofort. Aber wie stelle ich das an? Ulrich hat ständig die Finger an meinem Körper und Ute redet pausenlos auf mich ein. Sie plappert von Männern, Kleidern, Schmuck und behauptet, wir hätten jede Nacht bis in den Morgen gefeiert. Sie macht Bemerkungen, die mir nichts sagen, ich verstehe ihre Scherze nicht und fühle, dass ich sie nicht mag.

Ich mag Evi und auch Elmar.

„Bringt ihr mich heim?", bitte ich.

„Der Abend fängt gerade erst an und anschließend kommst du mit zu mir!", verkündet Ulrich und raunt mir ins Ohr: „Wir haben viel nachzuholen."

Entsetzt weiche ich zurück. Ich weiß, was er mit nachholen meint. Aber mir ist der Mann, den ich offenbar früher liebte, völlig fremd und gleichgültig, direkt unangenehm. Ich will nicht, dass er mich anfasst, als hätte er ein Recht dazu. Ich will, dass er geht.

„Wenn sie aber nicht will?", höre ich Evis Stimme, während ich bereits zur Toilette eile.

Ich beuge mich tief über das Waschbecken und lasse kaltes Wasser über meine Arme rieseln bis hinauf zum Ellenbogen. Auf einmal umfassen kräftige Hände von hinten meine Brüste.

Ulrich!

„Lass uns in die Kabine gehen!", keucht er und zeigt auf die Tür zum Klosett. „Ich kann nicht mehr warten."

„Hier?", rufe ich entsetzt aus.

Er zerrt und schiebt mich hin und her, während ich versuche, mich von seiner Umklammerung zu befreien. Verstehe ich richtig, dass er hier auf dem Klo Sex mit mir will? Niemals! Habe ich mich jemals derart primitiv verhalten? Ich kann und will es nicht glauben.

„Jetzt!", stöhnt er und packt fester zu.

Mich ekelt und ich schreie: „Lass mich in Ruhe!"

„Sei nicht albern!" Er lockert den Griff. „Nicht so laut! Bist immer noch sauer wegen Ute?"

Wieso wegen Ute? Allein seinetwegen! Er soll mich nicht anfassen.

„Nimm deine Hände weg! Sofort!"

„Zick hier nicht rum! Ich weiß, was du brauchst."

In diesem Moment kommt Evi.

„Das ist ein Damen-WC. Verschwinde!"

„Seid ihr jetzt alle übergeschnappt? Pass lieber auf, dass keiner kommt!"

„Wenn du nicht sofort verschwindest, trete ich dir in

die Eier und rufe um Hilfe!"

„Du blöde Kuh!", schimpft Ulrich.

Aber er geht und wirft Evi und mir böse Blicke zu.

Evi nimmt mich in den Arm und streicht mir beruhigend mit ihrer Hand über den Rücken. Das hilft.

Zurück am Tisch steht eine frische Grüne Wiese auf meinem Platz und auch eine bei Evi.

„Hab ich spendiert", verkündet Ulrich. „Alles wieder im grünen Bereich bei euch?"

„Was war denn?", erkundigt sich Ute.

„Ach, die Mädels hatten ein kleines Problem."

Dabei zwinkert er mir zu. Empört wende ich den Kopf zur Seite. Mir fällt ein, dass Ulrich fragte, ob ich noch sauer wegen Ute bin.

„Was war denn?", wiederhole ich Utes Frage. „Ich meine, zwischen dir und Ulrich."

„Nichts! Rein gar nichts!", versichert er, während Ute rot anläuft.

„Elmar sagt, du hast dein Gedächtnis verloren. Stimmt das?", erkundigt sie sich.

„Du kannst alles trinken", sagt Ulrich herablassend und zeigt auf mein Glas, „aber du musst nicht alles wissen."

„Ist besser so", stimmt Ute zu.

„Ich *will* es aber wissen!", beharre ich. „Hängt das mit meinem Unfall zusammen?"

Ute nickt und fängt an zu weinen.

„Blöde Weiber! Ihr verderbt uns noch den Abend", schimpft Ulrich.

Keiner macht Anstalten, meine Frage zu beantworten, als wäre sie nicht wichtig. Aber ich spüre, dass die Antwort für mich sehr wohl wichtig ist.

„Mir ist übel. Ich will heim."

Ich winke allen kurz zu und gehe zum Ausgang. Dort holt mich Evi ein.

„Ich komme mit."

In der S-Bahn erzählt sie mir, dass wir am letzten Wochenende im *Bangkok* waren.

„In Bangkok?", rufe ich erstaunt aus.

„Nicht in, sondern *im* Bangkok, das ist eine Bar, wo wir Geishas tranken."

Ich weiß, dass Geishas japanische Unterhaltungskünstlerinnen sind. Und ich weiß auch, dass es ein gleichnamiges Getränk gibt aus Gin, Jasminsirup und Apfellikör. Es ist seltsam, dass ich mich an all das erinnere, aber nicht an die Begegnungen in dieser Bar.

„Ulrich, Flori, Mats, Ute, du und ich. Wir hatten viel Spaß, bis Ulrich und Ute auf dem Klo verschwanden. Als sie zurückkamen, war ihnen anzusehen, dass sie eine Nummer geschoben hatten."

Mich würgt es und ich stoße sauer auf. Mit Nummer meint sie Sex. Sex auf dem Klo! Wie billig ist das denn? Noch billiger ist nur, dass es meine bis dahin beste Freundin und mein Freund miteinander trieben. Ute und Ulrich. Angewidert suche ich nach einem Taschentuch und fürchte, mich gleich hier in der S-Bahn übergeben zu müssen.

„Du bist aufgestanden und gegangen, Ulrich lief dir nach. Aber er kam nicht zurück und wir dachten, ihr habt euch wieder versöhnt und seid zu ihm nach Hause gegangen. Dann kam er doch zurück und war völlig verstört. Er erzählte, dass du wohl die Bordsteinkante übersehen hast und gestürzt bist. Du bist auf dem Boden gelegen wie tot. Da rief er die Rettung. Sie kamen innerhalb weniger Minuten und nahmen dich mit."

„Warum hat mich Ulrich nicht ins Krankenhaus begleitet und auch nicht besucht?"

„Das weiß ich nicht."

„Und du? Warum bist du nicht gekommen?"

„Ich bin doch nur am Wochenende daheim und musste noch in der Nacht zurück. Mutter sagte mir am Telefon, dass du entlassen wirst und wir feiern. Erst daheim habe ich mitbekommen, dass du dein Gedächtnis verloren hast."

Verloren. Das klingt, als wäre es mir aus der Tasche gefallen. Als hätte ich nicht auf mein Gedächtnis achtgegeben. Dabei habe ich in meinem Zorn auf Ulrich nur nicht auf den Weg geachtet und bin gestürzt. Vielleicht mag ich ihn deshalb nicht. Unbewusst. Ute schon gar nicht.

„Seltsame Freunde", murmle ich und denke, dass sie keine wirklichen Freunde sind und vielleicht nie waren.

„Du warst immer mit ihnen zusammen, jeden Tag.

Ihr seid um die Häuser gezogen und habt es richtig krachen lassen."

Krachen lassen. Damit meint sie feiern. Das habe ich mir wohl unter Leben vorgestellt. Früher. Heute will ich es nicht mehr *krachen lassen*. Ich will ganz normal am Tag arbeiten und in der Nacht schlafen, vielleicht am Wochenende Freunde treffen. Aber wer sind meine Freunde? Nur Ute und Ulrich? Die mag ich nicht.

„Ist einer der beiden Jungs, die mit im Bangkok waren, dein Freund?"

Evi schüttelt den Kopf.

„Nein, Mats und Flori gehören zu deiner Clique, mit denen du immer rumziehst. Mich müssen sie nur an den Wochenenden ertragen, weil du ohne mich nicht mitgehst."

Gerührt umarme ich Evi. Ich spüre deutlich, wie nahe wir uns sind, auch wenn ich eigentlich nichts über sie und unsere Unternehmungen weiß.

„Ehrlich gesagt habe ich nicht verstanden, weshalb du so vernarrt in Ulrich bist. Mein Traummann wäre er nicht."

„Meiner ist er auch nicht, jedenfalls nicht mehr."

„Wegen der Sache mit Ute?"

„Auch. Aber er ist mir nicht geheuer, seine Scherze zu derb und seine ganze Art unangenehm."

Evi nickt und sieht erleichtert aus.

*****

Am nächsten Morgen bin ich entsetzlich müde, als mich Evi weckt. Mir fehlt Schlaf, weil ich die ganze Nacht über mich, Ulrich, Evi und mein Leben nachdachte. Dabei bringt das Nachdenken nichts, denn in meinem Kopf ist nur Leere, was die Vergangenheit betrifft. *Meine* Vergangenheit. Immer, wenn ich versuche, mich zu erinnern, endet jeder Versuch in einer Enttäuschung. Ich bin enttäuscht. Alle um mich herum sind enttäuscht, tun aber so, als wären sie es nicht. Ich halte die ständige Enttäuschung nicht mehr aus! Am liebsten würde ich aus mir heraussteigen, mir wie ein Kleid ein anderes Leben überstülpen, in dem ich mich nicht erinnern muss.

„Komm essen! Ich muss nach dem Mittag wieder los."

Beim Gedanken an Essen wird mir schrecklich übel und ich schaue Evi gequält an. In meinem Kopf hämmert es.

„Das ist der Restalkohol", erklärt sie, obwohl ich das weiß. „Du musst kotzen, *bevor* du ins Bett gehst!"

„Was?"

„Dann bist du es los, kannst schlafen und hast am Morgen keinen Kater."

„Noch besser ist, wenn ich überhaupt keinen Alkohol trinke."

Evi lacht. Sie glaubt mir nicht.

Besuch bei Oma

Mutter fährt mich bis vor Omas Haus und zeigt auf ein Schild mit einem großen S und steckt mir einen Zettel zu, worauf die S-Bahn-Linie zurück nach Unterschleißheim vermerkt ist.

„Es ist besser, wenn ich nicht mit hineingehe."

„Warum nicht? Habt ihr Streit?"

„Nein. Aber so kannst du unbekümmert Dinge erzählen, die du mir nicht erzählst."

Weiß sie, dass ich ihr nicht alles sagen kann? Jede Mutter weiß das, aber keiner gefällt es. Außerdem bedeutet es, dass mir Oma sehr nahe steht. Obwohl ich mich auch an meine Oma nicht erinnere, freue ich mich auf die Begegnung. Ich stelle mir eine große elegante Dame vor, eine, die täglich herausgeputzt in die Stadt geht wie Mutter.

Aber vor mir steht eine kleine hutzelige Frau in der Tür. Verlegen lächle ich das faltige Gesicht an, das vor Glück strahlt. Mich irritieren ihre fast schwarzen Augen, denn ich dachte, alle in meiner Familie hätten helle blaue Augen wie ich, meine Eltern und Geschwister. Und sie hat fast schwarze Haare mit grau schimmernden Spitzen.

„Komm rein, Mädchen! Welche Freude, dich zu sehen!", begrüßt sie mich und umarmt mich herzlich.

Ich spüre, wie ihre Hände zittern. Ich spüre auch,

dass mir ihre Umarmung angenehm ist. Bisher mochte ich keine Berührung. Vielleicht ist es eine Art Heilung, wenn ich inzwischen merke, wen ich mag. Auf jeden Fall mag ich meine Oma. Zwar habe ich sie nicht erkannt, aber ich fühle mich sofort wohl in ihrer Nähe – anders als bei meiner Mutter.

„Ich habe Butterstreusel gebacken. Setz dich in die Stube! Es ist bereits eingedeckt. Ich hole nur noch rasch den Kaffee."

Zielsicher finde ich die Stube. Auf dem Couchtisch stehen Kaffeetassen, Kuchenteller und eine Platte, auf der sich Berge von Kuchenstücken türmen. Den leckeren Streuselkuchen erkenne ich, aber leider nicht meine Oma. Es ist zum Verzweifeln! Sofort kippt meine Stimmung, obwohl ich eigentlich nichts anderes erwartet hatte, als dass ich wieder kein winziges Puzzlestück aus meiner Vergangenheit finde. Resigniert lasse ich mich aufs Sofa fallen und schaue mich um.

An beiden Fenstern hängen kurze Scheibengardinen, die am unteren Rand mit einem Blumenmuster verziert sind. Vielleicht ist das Kitsch, aber mir gefällt es.

„Das ist Plauener Spitze, handgestickt."

Das sagt sie so feierlich, dass mir klar wird, wie wertvoll Material und Stickerei sind.

Die Fensterbretter und die hohe Bank davor sind mit viele bunten Blumentöpfen zugestellt, aus denen verschiedene Pflanzen üppig wuchern wie in einem Garten. Mir gefällt das sehr. Unter jedem Topf liegt ein weißes gehäkeltes Deckchen. An der Wand gegenüber steht eine altmodische Vitrine, die mit kleinen Figuren gefüllt ist.

„Das sind meine Blumenkinder", erklärt Oma, als sie meinen Blick bemerkt.

Ich weiß nicht, ob ich diese Figuren gern oder überhaupt nicht mochte und auch nicht, wozu diese Figuren nützlich sind.

„Meine Cousine aus dem Erzgebirge schickte sie mir."

Krampfhaft überlege ich, ob ich das Erzgebirge oder wenigstens die Blumenkinder kenne. Aber da ist nichts in meinem Kopf, das mir weiterhilft. Sofort brennen meine Augen und ich stehe schnell auf und gehe zur Vitrine, um die Figuren näher zu betrachten. Sie sind etwa zehn Zentimeter hoch und stehen auf einer grünen gehäkelten Decke mit eingearbeiteten Blumen, die wohl eine Wiese darstellen soll. Die Kinder sind alle verschieden und jedes trägt eine Blume: Tulpe, Narzisse, Krokus, Glockenblume. Mir fallen noch mehr Namen ein, weshalb ich jede Blüte einzeln betrachte und im Gedächtnis nach deren Namen suche. Glücklich setze ich mich wieder neben Oma.

„Sie sind reizend, nicht wahr? Ich mag sie alle. Meine Cousine schickt mir in jedem Jahr zwei, eins zum Geburtstag und eins zu Weihnachten. Dabei sind die winzigen Figürchen sehr teuer, ich glaube, fünfzig Euro oder mehr pro Stück."

Das ist viel Geld für solch eine kleine Handarbeit.

„Wie kommt es, dass dir eine Cousine so wertvolle Geschenke macht?", frage ich und bereue die Frage sofort, denn ich fürchte, dass ich nun zu hören bekomme: „Das musst du doch wissen!"

Aber Oma sagt nichts dergleichen. Sie antwortet, als hätte ich diese Frage zum ersten Mal gestellt.

„Als kleines Mädchen lebte ich mit meinen Eltern, meinem Bruder, Großeltern und vielen Verwandten im Erzgebirge. Das liegt ganz im Süden der ehemaligen DDR. Mit meiner Cousine Monika war ich sehr eng, wie Schwestern. Wir wohnten im gleichen Haus, waren gleichalt und taten alles zusammen. Auch in der Schule saßen wir nebeneinander. Als ich etwa zehn Jahre alt war, flüchteten meine Eltern mit mir und meinem Bruder in den Westen. Erst viele Jahre später sah ich Monika und die anderen Verwandten aus meiner Familie wieder, weil meine Eltern befürchteten, für ihre Flucht aus der DDR bestraft zu werden."

„Was meinst du mit *bestraft*? Weshalb sollte man bestraft werden, wenn man fortzieht?"

„Die DDR hat sich von Gesamtdeutschland abgespalten und ihr Land mit hohen Grenzzäunen und Bewachung gesichert. Wer heimlich das Land verlassen wollte, wurde ins Gefängnis gesteckt oder sogar erschossen."

„Das glaube ich nicht!", rufe ich aus.

„Das haben viele nicht geglaubt. Aber meine Eltern haben es geahnt und sind mit uns rechtzeitig geflüchtet. Sie mussten allerdings ihr Hab und Gut und ihre Verwandten zurücklassen."

„Das ist ja grauenhaft!"

„Das ist es wohl. Aber nun ist das Geschichte, denn Ende 1989 wurden die innerdeutschen Grenzen wieder geöffnet."

Ich überlege, weshalb ich das nicht weiß. Weil es vor meiner Geburt war? Doch Oma wird mir sicher davon erzählt haben. Vielleicht auch ein Lehrer in der Schule, aber daran erinnere ich mich nicht.

„Was hast du, Mädchen?"

Ich habe gar nicht gemerkt, dass mir schon wieder Tränen übers Gesicht laufen.

„Es ist alles so schrecklich!"

Oma tätschelt meine Wange und lächelt, während mich ihre Augen gleichzeitig traurig anschauen. Sie gießt Kaffee nach und stellt die Kanne auf ein kleines weißes Deckchen.

„Schau! Diese vielen Deckchen sind geklöppelt."

Der Begriff sagt mir nichts.

„Klöppeln ist eine sehr komplizierte Handarbeit, bei der Fäden auf einem Kissen festgesteckt werden. An jedem Fadenende hängt eine Spule, der Klöppel, mit denen man die Fäden so verdreht und verknotet, dass ein Muster entsteht. Das ist mühevolle stundenlange Kleinarbeit."

Fasziniert betrachte ich die filigranen Muster, doch freuen kann ich mich nicht, weil ich glaube, das Klöppeln und die Deckchen kennen zu müssen. Es tut weh, dass ich meine Oma nicht erkenne. Mir ist unbegreiflich, dass das Leben um mich herum weitergeht, während meines nicht mehr vorhanden ist. Ich kann es nicht sehen und fühlen. Es ist weg, verschwunden, sechsundzwanzig Jahre einfach nicht mehr da. Das macht mich so traurig, dass ganz gegen meinen Willen Tränen über mein Gesicht laufen.

„Ich habe bei einem Sturz auf den Kopf mein Gedächtnis verloren und kann mich seitdem an nichts mehr erinnern. Nicht einmal an dich." Ich weine heftiger. „Auch nicht an meine Eltern, Geschwister, Kollegen und Freunde. Nur an ganz wenige Dinge erinnere ich mich, aber nur, wenn sie nichts mit einer Person zu tun haben, die ich kennen müsste. Es ist sooo schrecklich! Ich weiß nicht, wen ich mag und wen nicht."

„Ja, das muss furchtbar für dich sein", stimmt Oma zu und streicht mir sanft über meine Hand.

Diese Berührung ist mir sehr angenehm und ich höre auf zu weinen.

„Bis jetzt ertrug ich es nicht, wenn mich jemand anfassen oder gar umarmen wollte, nicht einmal von Mama. Du bist die Erste, bei der es mir gefällt."

Eng kuschle ich mich an Oma und genieße ihre

Nähe. Sie riecht so gut. Diesen Oma-Geruch werde ich mir gut einprägen.

„Weißt du, der Mensch kann ohne Berührung gar nicht leben. Umarmungen sind wichtig, damit du dich wohl fühlst."

„Aber nicht von Fremden!", rufe ich verzweifelt aus, was mir sofort leid tut, denn Mutter ist keine Fremde. „Was soll ich nur tun?"

„Lass mich überlegen!", verkündet sie und schließt die Augen.

Sie denkt so lange nach, dass ich schon befürchte, dass sie eingeschlafen ist und mich vergessen hat. Schließlich öffnet sie die Augen, hebt eine Hand und streckt Daumen und Zeigefinger in die Höhe.

„Ich sehe nur zwei Möglichkeiten."

Erwartungsvoll schaue ich sie an.

„Entweder, du kämpfst dich Schritt für Schritt in dein altes Leben zurück ..."

„Das wollte ich. Ehrlich! Ich habe es jeden Tag versucht, aber es funktioniert nicht!", rufe ich aus. „Ich mag meine Arbeit nicht und auch nicht meine alten Freunde."

Ich denke an die vielen Fotos, die mir Mama immer wieder zeigt, an Ute und Ulrich und möchte in meiner Verzweiflung um mich schlagen. Was nützen mir Beweise von Erinnerungen, die ich gar nicht habe? Es mag sein, dass mir meine Freunde nahe standen, doch nun nicht mehr. Warum soll ich mich zwingen, sie zu mögen, nur, weil ich sie früher mochte? Ich weiß nie, welche der vielen Erzählungen wirklich wahr sind, was ich glauben darf und was nicht. Ich bin entsetzlich misstrauisch geworden. Deprimiert lasse ich die Schultern hängen und schüttle den Kopf.

„Dann bleibt nur die zweite Möglichkeit."

„Welche?"

Gespannt ergreife ich Omas Hände.

„Du beginnst ein neues Leben ganz ohne deine Vergangenheit und suchst dir in einer fremden Stadt neue Freunde und eine andere Arbeit."

Das klingt so einfach und doch ist es die schwerste aller Aufgaben, ganz von vorn zu beginnen, ganz allein, ohne Eltern und ohne Freunde. Ich weiß nicht, ob ich das kann, nicht einmal, ob ich das will. Denn ich glaube nicht, dass alles, was neu ist, allein deswegen besser ist als das alte.

Erzgebirge

Daheim setze ich mich an den Computer und gebe *Erzgebirge* ein. Ich lese, dass das Erzgebirge im Süden von Sachsen liegt und an Tschechien grenzt. Früher hieß es Finster- oder Dunkelwald. Erst nach dem Fund wertvoller Erze erhielt die Region ihren heutigen Namen. Man nennt es auch Weihnachtsland, weil es viele Traditionen gibt, an denen die Erzgebirger auch heute noch festhalten.

Zum Beispiel leuchtet während der Adventszeit in jedem Fenster ein Schwibbogen. Sie entstanden zu einer Zeit, als es noch keine elektrische Straßenbeleuchtung gab und die Frauen im Herbst Kerzen ins Fenster stellten, damit ihre Männer nach der Arbeit den Weg nach Hause fanden; eine Geschichte, die mich sehr berührt. Heute sind die Lichtbögen kunstvoll geschnitzt mit Motiven aus dem Bergbau oder dem Wald, es gibt auch christliche Motive. Im Internet finde ich Bilder davon. Ich kann mich nicht entsinnen, solche Lichtbögen schon einmal gesehen zu haben und stelle es mir wunderschön vor, wenn in jedem Fester Lichter brennen.

Warum kann ich mich nicht an diese Region erinnern, obwohl ich deutlich eine Verbindung spüre? War ich schon einmal dort? Vielleicht früher mit den Eltern oder der Oma? Oder kann es sein, dass ich meine Wurzeln spüre? Gibt es so etwas? Hier steht, dass die Erzgebirger für ihre Herzlichkeit bekannt, also so warmherzig sind wie meine Oma.

Beim Abendessen frage ich Mutter, ob wir im Erzgebirge Verwandte haben.

„Das weiß ich nicht."

„Aber es ist Omas Heimat."

„Omas Heimat ist hier. Sie kann sich kaum an das karge Leben im Osten erinnern, sie wuchs in München auf, hat quasi schon immer hier gelebt."

Das glaube ich nicht, denn sie erzählte von ihrer Cousine und hält die Blumenkinder in Ehren, also pflegt sie nach wie vor Kontakt zu ihren Verwandten. Ich hätte Oma ausfragen sollen. Warum ist mir das nicht eingefallen? Sie hätte mir von den Verwandten im Erzgebirge erzählen können.

„Ich möchte da mal hin", verkünde ich trotzig.

„Was willst du dort?"

„Meine Wurzeln kennenlernen."

Mutter winkt ab und schüttelt den Kopf.

„Wurzeln. Deine Wurzeln sind hier. Hier ist deine Familie und deine Heimat. Du bist ein bayrisches Kind."

„Ich weiß gar nichts über das Erzgebirge."

„Das musst du auch nicht. Es ist eine sehr raue und arme Gegend."

„Warst du schon einmal dort?"

„Gott bewahre! Nein!"

„Dann kannst du es auch nicht wissen."

Mutter schaut mich mahnend an. Sie mag es nicht, wenn ich widerspreche. Täglich nervt sie mich mit Dingen, die mich an meine Vergangenheit erinnern sollen, doch wenn ich sie nach Omas Vergangenheit frage, blockt sie ab. Das ist nicht fair, weil es im Grunde auch meine Vergangenheit ist. Mutter will, dass ich mich an meine Kindheit erinnere, an meine Geschwister und natürlich vor allem an sie. Ich will das auch. Aber ich kann es nicht.

„Es ist schwer für mich, dich so zu sehen. Ich will

dir helfen, zu deiner Familie zurückzufinden, aber es gelingt mir nicht."

„Oma ist auch Familie", murmle ich gekränkt.

Ich sehe, wie sehr sich Mutter quält. Aber mich quält sie auch. Ihre gutgemeinte Hilfe hilft mir ganz und gar nicht, sie geht mir auf die Nerven und verursacht Kopfschmerzen.

*****

Mein Verlust ist unbeschreiblich. Ich komme mir völlig verlassen vor. Nicht einmal nachts finde ich Ruhe, obwohl ich entsetzlich müde bin. Ich drehe mich von einer Seite auf die andere und suche in meinen Träumen nach meinen Erinnerungen. Aber es gibt keine Erinnerungen, es gibt nur ein furchtbar großes schwarzes Loch, in das ich Nacht für Nacht falle. Ich weiß mir keinen Rat, weil es keinen Rat gibt, denn selbst im Internet gibt es keinen einzigen Tipp, wie man sein Gedächtnis wiederfindet und damit sich selbst.

Mich gibt es nicht mehr. Was soll ich nur tun, um mich zu finden oder neu zu erschaffen? Ich habe ganz den Mut verloren und verzweifle von Tag zu Tag mehr.

Ich bin völlig erschöpft von all den Grübeleien und habe keine Lust mehr, mit jemandem zu sprechen. Sie wollen alle nur, dass ich mich an sie erinnere und reden ohne Pause auf mich ein. Ich will nichts mehr hören, am besten gar nichts mehr denken. Es bringt nichts, nur Frust. Und Kopfschmerzen.

Seit Tagen habe ich mein Bett nicht mehr verlassen. Wozu auch? Ich mag niemanden sehen und schon gar nicht hören. Appetit habe ich auch keinen mehr. Mutter bringt mir das Essen nach oben, aber meist habe ich keine Lust, die Tür zu öffnen. Ich bleibe einfach liegen, stülpe mir die Kopfhörer über und höre Lieder von *Michael learns to rock,* einer dänischen Softrockgruppe, deren Titel genau zu meiner Stimmung passen.

Kur

Vater hat seine Beziehungen spielen lassen und mir von heute auf morgen einen Kurplatz besorgt. Sein Fahrer bringt mich hin. Gut drei Stunden dauert die Fahrt über die Autobahn Richtung Norden, dann sind wir in Bad Elster.
Mein Zimmer liegt ganz oben im siebenten Stockwerk und ich habe einen wundervollen Ausblick auf einen riesigen Park und die kleine Stadt. Das gefällt mir. Ich packe meinen Koffer aus und schließe den Laptop an, doch offenbar gibt es hier keine Internet-Verbindung. Ich wusste gar nicht, dass es noch Orte gibt, die nicht verkabelt sind. Immerhin funktioniert das Handy, worauf Ute bereits mehrere

Nachrichten schickte. Ich antworte ihr nicht und drücke sie einfach weg.

Auf dem Tisch liegen drei Blätter, die ich vor dem Aufnahmegespräch mit dem Kurarzt ausfüllen soll. Darin muss ich angeben, was ich mir von der Kur erhoffe und allerhand Dinge über frühere Krankheiten. An meine Krankheiten kann ich mich nicht erinnern und schon gar nicht an die meiner Eltern. Wozu muss ich das angeben? Ich bin nicht krank, ich habe nur kein Gedächtnis mehr. Also schreibe ich auf, dass ich wieder Freude empfinden möchte und lasse alle anderen Fragen unbeantwortet.

Leider finde ich das Sprechzimmer im zweiten Stock nicht, weil der Fahrstuhl nur bis zum dritten Stock fährt und es dort keinen Übergang zum Nachbarhaus gibt, wo der Arzt sein soll. Die Klinik besteht aus drei Häusern, die über verschiedene Übergänge miteinander verbunden sind. Nur muss man die richtige Stelle erst einmal finden.

Ich klopfe etwas verspätet an die Tür des Arztes. Es ist eine Frau, die einen gereizten Eindruck macht. Sie schaut mit gerunzelter Stirn auf die leeren Blätter und mich anschließend vorwurfsvoll an.

„Was soll das?"

Sie zeigt auf die Zettel. Dann nimmt sie diese in die Hand und wedelt damit vor meinem Gesicht hin und her.

„Es tut mir leid, aber ich bin hier, weil meine Vergangenheit verschwunden ist und ich nichts mehr über mich weiß. Gar nichts."

Trotzdem fragt sie mich nach diversen Beschwerden und legt mir schließlich eine lange Liste mit möglichen Therapien vor, woraus ich frei wählen darf. Mir sagen Moorbad, Yoga, Wassergymnastik und Elektrostimmulation zu. Außerdem erkläre ich mich mit Gruppen- und Einzelgesprächen mit einer Psychologin einverstanden.

„Ich empfehle Wanderungen in den umliegenden Wäldern."

Was soll ich im Wald? Dort gibt es nur Bäume, sonst nichts. Die Wege werden unangenehm steil sein, denn die Gegend ist ausgesprochen hügelig. Das habe ich bereits während der Herfahrt bemerkt und sehe es aus meinem Fenster.

„Haben Sie schon immer erhöhten Blutdruck?"

„Nein, eher zu niedrigen", behaupte ich, obwohl ich das so genau gar nicht weiß.

„Dann ist es besonders wichtig, dass wir das im Auge behalten und kontrollieren. Lassen Sie sich an der Rezeption ein Blutdruckmessgerät geben und notieren Sie morgen mehrfach die Werte!"

„Kommen Sie später wieder!", fährt mich die Frau an der Rezeption an. „Ich habe jetzt Pause."

Was soll das? Sie sitzt vor mir und könnte mir das Gerät reichen. Aber vielleicht muss sie dafür aufstehen und in einen anderen Raum gehen. Wie dem auch sei, ich habe normalerweise keinen zu hohen Blutdruck, also wird diese Kontrolle nicht so wichtig sein wie die Pause dieser Frau.

Der Fahrstuhl funktioniert nicht. Also muss ich bis hinauf zum siebenten Stockwerk Treppen steigen. Wie das wohl die anderen Kurgäste machen, denn viele von ihnen benutzen Krücken beim Laufen.

Bis zum Abendessen ist noch Zeit und ich sehe mich ein wenig im Haus um. Am hinteren Ende des Ganges ist eine Tür zu einer Außen-Wendeltreppe. Die probiere ich sofort aus. Leider endet die Treppe im ersten Stock im Nirgendwo und nicht unten auf dem Fußweg. Mir bleibt nichts anderes übrig, als noch einmal bis ganz nach oben zu klettern. Dort finde ich eine schmale Innentreppe, die einige Etagen tiefer in einem langen Flur endet. An der Wand zeigt mir eine große 3, dass ich in der dritten Etage oder im dritten Stock gelandet bin. Nun muss ich noch einmal nach oben steigen, um über ein anderes Treppenhaus nach unten zu gelangen. Der Fahrstuhl funktioniert noch immer nicht.

Bei der Suche nach dem Treppenhaus verlaufe ich mich in den verwinkelten Gängen. Als ich endlich unten im Erdgeschoss bin, sehe ich durch die großen Glasscheiben draußen einige Leute in einer Art Laube sitzen. Sie rauchen. Ich rauche nicht, aber ich möchte zu ihnen gehen und sie ein wenig ausfragen, wie es hier so ist. Bis jetzt traf ich nur alte Menschen mit Gehhilfen, die sich vermutlich von verschiedenen Operationen an Hüften und Beinen erholen. Die Raucher sind zwar auch älter als ich, aber sie wirken eher unbesorgt fröhlich als krank auf mich.

Direkt vor der Glasscheibe zum Raucherhäuschen steht ein Einkaufswagen, dahinter erkenne ich eine Tür. Also schiebe ich den Wagen zur Seite und öffne die Tür. Sofort ertönt ein entsetzlich lautes Hupen, das mich zusammenzucken lässt.

Draußen lachen die Leute und von drinnen schreit eine energische Stimme: „Können Sie nicht lesen? Das ist ein Notausgang!"

Ich drehe mich um. Vor mir steht eine sehr kräftige Schwester und stemmt ihre Hände in die Hüften.

Etwas freundlicher belehrt sie mich: „Sie dürfen nur den Hauptausgang an der Rezeption benutzen."

Ich nuschle eine Entschuldigung und gehe brav zur Rezeption, wo mir das Blutdruckmessgerät wieder einfällt und ich frage danach.

„Warum kommen Sie so spät?", faucht die Frau.

„Sie sagten, ich soll später wiederkommen", antworte ich. „Eine genaue Uhrzeit nannten Sie nicht."

„Holen Sie das Gerät morgen nach dem Frühstück! Hier ist Ihr Wochenplan, den Sie bitte pünktlich einhalten."

Ich greife nach dem Zettel und lese, dass ich morgen Vormittag gleich drei Termine habe, den ersten bereits vor dem Frühstück um 7 Uhr, ausgerechnet Laufbandtraining. So früh stehe ich normalerweise nicht auf und schon gar nicht für Sport. Außerdem habe ich auf der Liste keinen Sport angekreuzt. Elmar sagte, dass ich Sport mag, aber das habe ich ihm nicht geglaubt. Die Stunden für meine Mahlzeiten sind genau festgelegt und richten sich nach dem Therapieplan. Enttäuscht frage ich mich, wie ich mich bei all den strengen Regeln erholen soll.

Um zur Raucherinsel zu kommen, muss ich um das halbe Gebäude herumlaufen. Leider ist keiner mehr dort. Schade. Ich hätte mich gern mit jemandem unterhalten.

*****

Am Abend sitzen zwei Frauen und ein Mann mit an meinem Tisch.

„Dein Essen musst du dir selbst holen!", sagt eine der Frauen und zeigt auf eine Theke.

Dort sind Platten mit verschiedener Wurst, Käse und Broten aufgereiht und eine große Schüssel mit Kartoffelsalat. Daneben steht ein Topf mit heißem Wasser. Vermutlich waren dort Bockwürste drin.

„Jeden Tag die gleiche Wurst", beklagt sich eine der Frauen am Tisch.

Sie ist klein, sehr schmal und hält sich krumm. Ihre Schultern hängen schlapp nach vorn, der Bauch drückt gegen die Tischkante und der dünne Hals ist gestreckt, so dass sich der Kopf direkt über dem

Teller befindet.

Die andere Frau kontert: „Es gibt gut fünfzehn verschiedene Wurstsorten und dazu noch Käse."

„Na und? Käse esse ich nicht und die Wurst ist jeden Tag die gleiche."

Missmutig schiebt sie mit zwei Fingern die Wurst an den Tellerrand.

„Wie viele Sorten Wurst hast du daheim? Zwei oder drei? Und auch immer die gleichen." Sie dreht sich zu mir. „Ich bin die Yvonne und die Meckertante", sie zeigt auf die andere Frau, „heißt Silke."

Silke presst ihre Lippen zusammen, so dass sie nicht mehr zu sehen sind, runzelt die Stirn und boxt Yvonne gegen die Schulter.

„Mein Name ist Sven", meldet sich der Mann. „Und wie heißt du?"

„Elli, eigentlich Elvira, aber Elli ist mir lieber."

„Wir zwei haben Krebs", verkündet Silke stolz, als wäre das ein besonderes Verdienst, und zeigt auf sich und Yvonne. „Du auch?"

Bestürzt schüttle ich den Kopf. Krebs? Das ist eine unkontrollierbare Vermehrung von Zellen, die krank macht und oft nicht heilbar ist. Wie alt mögen diese drei sein? Wohl kaum älter als vierzig, eher jünger.

„Lass sie doch erst einmal essen!", mahnt Yvonne.

Ich erzähle von meinem gestrigen Erlebnis, als ich den Einkaufswagen beiseite schob, um hinaus zu den Rauchern zu gelangen.

Sven lacht.

„Damit hast du Alarm ausgelöst." Wieder lacht er, auch die beiden Frauen kichern. „Sämtliche Ausgänge *müssen* verschlossen und doppelt gesichert sein, damit sich jeder, der hinaus oder hinein will, brav an der Rezeption meldet und nicht heimlich ein Liebchen einschmuggelt."

Er zwinkert mir zu und Yvonne ergänzt: „Hier herrschen strenge Sitten."

Sind derart strenge Sitten normal für einen Kuraufenthalt?

„Als meine Mama letzten Sonntag hier war, durfte sie nicht mit ins Haus und in mein Zimmer. Nicht einmal in die Cafeteria, obwohl es wie aus Kannen schüttete. Wir mussten hinunter ins Café am Kurpark", beklagt sich Silke.

Mich wird wohl niemand besuchen. Mutter fährt nicht Auto und Vater hat keine Zeit, auch meine Geschwister nicht. Außerdem ist Bad Elster viel zu weit entfernt für ein paar Besuchsstunden. Worüber wollen sie auch mit mir reden, da ich mich an nichts erinnere?

„Sven hatte nur einen Unfall", verkündet Silke. „Er ist nicht krank, nur verletzt."

Nur verletzt?

„Meine Hand und mein Arm sind in tausend Teile zersprungen – wie Glas."

Das hört sich gar nicht gut an.

„Blöd ist nur, dass mein Unfall plötzlich nicht mehr

als Arbeitsunfall gilt."

„Was bedeutet das?"

„Keine Ahnung."

Wir schauen uns betreten an.

„Irgendwoher kommt immer Geld", tröstet Yvonne. „Es ist doch gleichgültig, wer dein Krankengeld bezahlt."

Sven nickt, wirkt aber nicht überzeugt. Ich denke angestrengt nach und suche in meinem Kopf nach Gesetzen über Arbeitsrecht, kann mich aber nur daran erinnern, *was* genau als Arbeitsunfall zählt und nicht daran, was passiert, wenn es keiner ist.

„Der Arzt wollte sofort operieren, durfte aber nicht."

„Wieso?"

Vielleicht war er nur ein Assistenzarzt wie Elmar und der Bruch für ihn zu kompliziert.

„Er musste auf die Freigabe zur Operation warten, erhielt diese aber nur für die Hand. Eigentlich wollte er den Arm gleich mit versorgen, doch das durfte er nicht."

„Wieso?", fragt Silke noch einmal.

„Keine Ahnung. Hängt mit der Versicherung zusammen. War nur blöd, dass ich dadurch vier Tage später noch eine zweite Vollnarkose bekam, als endlich der Arm gerichtet werden durfte. Leider hatte sich inzwischen mein Arm bis hinauf zur Schulter entzündet und war so fett wie mein Oberschenkel." Sven hält den rechten Arm hoch, der deutlich dicker ist als der linke. „Aber dieser Mist hat mir immerhin zu einer Kur verholfen."

„Dumm hat Glück", verkündet Silke.

Sven lacht und Yvonne schüttelt missbilligend den Kopf.

„Was ist nun mit dir?", forscht Silke nach. „Welche Art Krebs hast du?"

„Gar keine. Mir fehlt nichts, nur mein Gedächtnis."

Alle drei schauen mich verdutzt an und erwarten, dass ich mehr erzähle. Aber da gibt es nicht viel zu erzählen.

„Ich bin nur gestolpert und auf den Kopf gefallen. Seitdem erkenne ich weder meine Eltern noch meine Geschwister, nicht die Kollegen, nicht meine Freundin und auch nicht meinen Freund."

„Das gibt es doch gar nicht!", ruft Silke lachend aus und klatscht vergnügt in die Hände.

Sven sagt nichts. Auch Yvonne schweigt. Sie steht auf, geht um den Tisch herum, legt ihren Arm um meine Schultern und drückt mich an sich. Sofort fühle ich mich getröstet, aber nicht wirklich verstanden. Wer sollte auch verstehen, dass man nichts mehr weiß und niemanden erkennt?

„Sei doch froh!", meldet sich Silke und lacht wieder.

„Froh?"

„Also ich wäre froh, wenn ich bestimmte Leute aus meinem Gedächtnis streichen könnte. Wenn sie mich blöde anmachen, sage ich einfach, dass ich sie nicht kenne."

„So einfach ist das nicht", sage ich leise und spüre, wie sich in meinem Hals ein Kloß bildet, der sich nicht runterschlucken lässt. „Meine Mutter zeigt mir Fotos von Urlaubsreisen und Familienfeiern, aber ich kenne die Leute auf den Bildern nicht. Jeden Tag hofft sie, dass ich mich erinnere, doch jeden Tag muss ich sie enttäuschen."

„Ist doch praktisch, wenn man sich aus allem raushalten kann", findet Silke.

„Du verstehst gar nichts!", weist Yvonne sie zurecht.

Sie hält meine Hände und schaut mich aus feuchten Augen an.

„Ich fand mich überhaupt nicht mehr zurecht, war nur noch total verzweifelt." Ich seufze und denke daran, dass ich vor Kummer tagelang nicht mein Bett verlassen konnte. „Damit ich keine Depression bekomme, hat mich mein Vater zur Kur geschickt."

„Dein Vater?"

Ich nicke, weiß aber nicht, ob er die Kur bezahlt oder die Krankenkasse. Es interessiert mich auch nicht. Vermutlich regelte alles seine geliebte Assistentin. Kenne ich sie eigentlich? Das ist wieder so eine Frage, die ich nicht beantworten kann. Und schon wird der Kloß in meinem Hals so dick, dass ich kaum noch Luft bekomme.

„Alles wird gut!", verspricht Yvonne. Sie klopft mit ihren Händen auf meine. „Wir drei werden dich aufmuntern. Du wirst sehen!"

Das sagt eine Frau, die Brustkrebs hat, also schwer krank ist. Ich bin so gerührt, dass mir die Augen brennen.

„Morgen Nachmittag findet um 16 Uhr ein Dudelsackkonzert im Park statt. Kommst du mit?"

Dudelsack? Die Töne aus dieser seltsamen Sackpfeife finde ich lustig.

„Mein letzter Termin ist um 14 Uhr", sage ich, nachdem ich meinen Plan überprüft habe.

„Das heißt nicht Termin und auch nicht Behandlung, sondern Anwendung", erklärt Sven.

Anwendung? Es wird nichts angewendet, nur besprochen mit der Psychologin.

„Gut, dann treffen wir uns 15 Uhr hier, trinken noch einen Kaffee zusammen und gehen dann ins Konzert. Das wird sicher lustig."

Wir tauschen die Telefonnummern aus und verabschieden uns.

*****

Gespannt warten wir auf die Künstler. Kurz nach 15 Uhr kommen zehn Kinder auf die Bühne, die offenbar aus dem nahen Tschechien stammen, denn sie singen Volkslieder, deren Text keiner von uns versteht. Zwei der größeren Kinder spielen auch ein Stück auf dem Dudelsack. Es klingt alles hübsch, doch wir sind trotzdem enttäuscht, weil wir uns das Konzert ganz anders vorgestellt haben.

„Jetzt gehen wir zum Italiener!", verkündet Sven.

„Schon wieder?", nörgelt Silke.

Doch Yvonne hakt sie unter und zieht sie einfach mit. Ich folge ihnen. Unterwegs entdecke ich mehrere Cafés und Gaststuben mit großen Terrassen, die allesamt gut besucht sind. Das liegt daran, dass es in Bad Elster mehrere große Kliniken gibt.

„Jeder Vierte hier im Ort ist Patient", weiß Sven.

Sven weiß überhaupt sehr viel und unterhält uns gern mit vielen Zahlen und Bezeichnungen.

„Das Kaff hat keine 4.000 Einwohner, aber mehr als 2.300 Hotelbetten für etwa tausend Kurgäste."

Für die Unterhaltung der vielen Patienten und ihre Angehörigen sorgt ein erstaunlich umfangreiches Kulturprogramm. Der kleine Ort liegt in einem Zipfel zwischen Bayern, Böhmen und Sachsen, gehört aber nicht wie vermutet zum Erzgebirge, sondern zum Vogtland. Mir gefällt es hier und ich genieße die Gesellschaft von Sven und Silke und besonders von Yvonne.

*****

Yvonne lebt im Vogtland, nicht weit von Bad Elster entfernt. Sie wurde jede Woche von einem Fahrdienst abgeholt, nach Chemnitz zur Chemotherapie gebracht und anschließend wieder nach Hause, was jeweils eine gute Stunde Fahrt bedeutet.

Eines Tages passierte auf der Autobahn ein schwerer Verkehrsunfall und sie saßen fünf ewig lange Stunden fest. Es gab kein Vor und kein Zurück. Der Chemo-Termin musste auf den Folgetag verschoben werden.

An diesem Tag saßen die beiden Frauen zufällig nebeneinander und lernten sich kennen. Dabei erfuhr Yvonne, dass Silke in Chemnitz lebt, nur zehn Fahrminuten von der onkologischen Praxis entfernt. Eine Chemotherapie erfolgt in Zyklen, bei Silke aller drei Wochen, bei Yvonne wöchentlich. Während der Behandlung sitzt man in bequemen Sesseln in Räumen für drei bis acht Patienten. Es war also ein ganz besonderer Zufall, dass sich die beiden Frauen trafen.

Am letzten Tag übergab eine Schwester Yvonne Papiere mit Informationen über den Krankheitsverlauf. Doch die Diagnose, die sie kurz überflog, ließ sie erstarren, weil sich offenbar ihr Zustand innerhalb der letzten Woche dramatisch verschlechterte Sie entdeckte, dass es sich gar nicht um ihren eigenen Befund handelte, sondern um eine ganz andere Frau und brachte die Papiere zurück zur Schwester.

„Hier steht Silke Merkel. Das bin ich nicht."

Sie bekam nun die richtigen Unterlagen, die eine wesentlich bessere Diagnose enthielten.

Einen Monat später trafen sich die beiden Frauen

hier in Bad Elster wieder, weil ihre Kur zufällig zur gleichen Zeit begann. Seitdem sind sie befreundet und verbringen die Zeit außerhalb der Behandlungen zusammen. Beide haben jeweils zwei kleine Kinder, also noch eine Gemeinsamkeit, über die sie sich stundenlang unterhalten.

Silke litt während der Chemo sehr unter Übelkeit, Durchfall und Gliederschmerzen, während Yvonne nur etwas schlapp und müde war und sich nicht konzentrieren konnte. Sie meint, Silke leidet mehr, weil sie mit ihrem Schicksal hadert. Sie beklagt sich: Warum ausgerechnet ich? Warum nicht?

„Jeder Zweite in Deutschland erkrankt an Krebs", weiß Sven.

„Ich ja, du nein, sie ja, er nein", verkündet Silke und tippt bei jedem ich und du, sie und er auf eine Person wie bei einem Abzählreim.

„Ein ungesunder Lebensstil ist die Hauptursache, das ist wissenschaftlich bewiesen."

„Das ist Blödsinn. Du rauchst, Yvonne und ich nicht, du trinkst auch viel mehr Alkohol und zwar jeden Tag."

„Na und?"

„Was heißt na und? Du lebst nicht gesund. Ich schon."

„Ich auch", ergänzt Yvonne. „Ich achte auf gesunde Ernährung und Bewegung haben wir beide", sie zeigt auf sich und Silke, „ausreichend, denn wir arbeiten in einem Pflegeheim und kommen kaum zur Ruhe."

Ich glaube nicht, dass jeder Zweite Krebs hat. Meine Eltern haben keinen Tumor, auch meine Geschwister nicht, keiner meiner Freunde und nicht einmal meine Oma. Das sind mindestens zehn gesunde Leute.

*****

Yvonne lacht viel und denkt nicht ständig an den Krebs, obwohl dieser bereits Metastasen bildete. Sie meint, den großen Knoten haben die Ärzte entfernt und Metastasen sind so winzig, dass man sie locker übersehen kann. Ihr Lieblingsspruch lautet: „Es kommt wie es kommt und ist wie es ist." Oder: „Am Ende wird alles gut. Und wenn es nicht gut wird, ist es nicht das Ende."

Ich beneide sie sehr um ihre lockere Art, mit ihrer schweren Krankheit umzugehen.

Sven erholt sich von komplizierten Operationen am rechten Arm. Alle drei haben Schmerzen und hoffen, dass sie nach den schwerwiegenden Behandlungen und deren Nebenwirkungen wieder zu Kräften kommen und vielleicht sogar gesund werden.

„Dir fehlt nur dein Gedächtnis", sagt Silke und es klingt irgendwie neidisch. „Du hast keine Schmerzen und musst keine Operationen und keine Behandlungen ertragen. Keiner von uns weiß, wie lange er noch leben darf oder muss. Dir dagegen geht es gut. Au!", schreit sie auf. „Warum trittst du gegen mein Schienbein?", faucht sie Yvonne an.

„Das weißt du ganz genau, du dumme Gans. Statt dich zu freuen, dass Elli keine Schmerzen und Behandlungen hat, machst du blöde Bemerkungen. Ich stelle es mir furchtbar vor, mich an niemanden erinnern zu können. Nicht an meinen Mann und vielleicht nicht einmal an meine Kinder. Schrecklich!"

„Na und? Was ist so schlimm daran? Dann verliebst du dich eben neu."

Yvonne schüttelt den Kopf, während Sven lacht.

„So leicht ist das nicht", sage ich leise. „Ich mag meinen Freund nicht mehr. Er ist mir unsympathisch, aber er versteht das nicht."

Silke zuckt mit der Schulter.

„Wie sollte er das auch verstehen? Du solltest eher *ihn* verstehen!"

„Alle erwarten von mir, dass ich sie verstehe. Aber ich kann das nicht."

„Dann ist dir eben nicht zu helfen", giftet Silke.

Ich schlucke und merke, wie meine Augen feucht werden.

„Nein, mir ist nicht zu helfen. Wie soll ich Verständnis für andere aufbringen, wenn ich nicht einmal mich selbst verstehe? Ich weiß, dass meine Mutter leidet, vielleicht sogar mehr als ich. Sie weiß ja, wer ich war und will, dass ich wieder so werde wie früher. Ich soll sie als meine Mutter erkennen und lieben." Wieder muss ich schlucken. „Aber sie ist für mich eine Fremde geblieben."

„Es muss schwer für sie sein, dir nicht helfen zu können."

„Mir liegt die Pizza schwer im Magen", knurrt Sven und bestellt vier Grappa. „Auf die Gesundheit!", ruft er aus und alle stoßen darauf an.

*****

Während der nächsten Tage lerne ich weitere Patienten kennen, fast alle sind erheblich älter als ich. Fast alle haben mit einem Tumor in ihrem Körper zu kämpfen und unangenehme Operationen und Behandlungen ertragen. Es gibt auch Patienten mit Depressionen, doch die sind eher in einer anderen Klinik.

Heute höre ich einen Vortrag über gesunde Ernährung. Wichtig sei vor allem, dass man heimische Produkte und Gemüse der Saison bevorzugt. Jetzt im August wären das Auberginen und Zucchini. Wachsen diese beiden tatsächlich in Deutschland? Man soll Milchprodukte meiden und stattdessen Milchersatz aus Kokos, Mandeln, Reis und Hafer wählen. Zucker ist ganz zu meiden, vor allem der aus Rüben, weil er raffiniert wird.

Die Frau bringt mich völlig durcheinander, weil sie sich ständig widerspricht. Man soll heimische Produkte nehmen, aber statt Milch einen Ersatz aus fremdländischem Kokos. Rohrzucker wird meiner Meinung nach ebenfalls raffiniert und heimisch ist er schon gar nicht, auch Auberginen wachsen wohl eher im fernen Asien als hierzulande. Am liebsten würde ich die Veranstaltung sofort verlassen, aber das wage ich nicht, weil all die anderen so gebannt zuhören.

Auch meine drei Tischnachbarn hörten zu, doch sie machen sich keine Gedanken darüber.

„Ich esse, was mir schmeckt", verkündet Silke.

„Und was schmeckt dir, du alte Meckertante?", lästert Yvonne.

„Jedenfalls nicht die hartgekochten Eier, die sie uns sonntags immer vorsetzen."

Wir lachen und kichern immer noch, als die Bedienung das Mittag serviert. Es gibt vier Wahlessen, doch Silke findet selten etwas nach ihrem Geschmack. Es gibt zu viel oder zu wenig oder das falsche Fleisch, ebenso die Beilagen. Sie sind entweder zu salzig oder zu fad, zu fest oder zu pappig.

„Nur ein Kloß?", schimpft sie.

„Ich bringe Ihnen gern noch einen zweiten", sagt die Bedienung freundlich.

„Ich möchte auch noch einen", meldet sich Sven.

Als der Teller mit zwei Klößen auf den Tisch gestellt wird, greift Silke zu und lässt beide auf ihren Teller gleiten.

„Was soll ich mit zwei trockenen Klößen?", beklagt sie sich. „Wo ist die Soße?"
„Der zweite Knödel war für Sven", erinnere ich, doch das scheint Silke nicht zu interessieren.
Hier im Vogtland sagt man nicht Knödel wie bei uns, sondern Kloß.
Sven lacht. Er stört sich nicht an Silkes Unarten. Wenn sie weint, nimmt er sie tröstend in den Arm.
„Sie ist so ein dünnes Hascherl", erklärt er. „Ihre Schultern hängen, ihr ganzer Körper hängt und sie läuft so geduckt, als hätte sie Angst. Dann möchte ich sie beschützen."

Silke kauft täglich Marken für die Waschmaschinen im Keller. Dabei trägt sie täglich die gleiche schwarze Hose und ein ebenfalls schwarzes Shirt.
„Ich habe ihr gesagt, dass Schwarz sie runterzieht, aber sie glaubt mir nicht", erklärt Yvonne.
Vielleicht besitzt sie nur zwei oder drei schwarze Shirts, die sie abwechselnd anzieht und deshalb oft waschen muss.
Wenn wir vier gleichzeitig Zeit haben, treffen wir uns und unternehmen gemeinsam etwas. Alle drei wollen jeden Tag in den Wald. Anfangs gefiel mir das gar nicht. Was soll ich im Wald? Dort gibt es nur Bäume und ansonsten nichts zu sehen. Ich würde lieber durch den Park bummeln, durch die kleinen Läden schlendern und im Parkcafé Leute beobachten. Außerdem sind die meisten Wege

sehr steil und das Laufen strengt an. Meist wandern wir ins nahe Tschechien, trinken dort Bier oder Kaffee, essen Eis, Kuchen oder eine Gulaschsuppe.

„Schau doch! Die Blätter der Mischwälder färben sich bereits! Wie wunderschön!", ruft Yvonne aus. Fröhlich fängt sie an zu singen.

„Bunt sind schon die Wälder,
gelb die Stoppelfelder
und der Herbst beginnt.
Bunte Blätter fallen,
graue Nebel wallen,
kühler weht der Wind."

Dieses schöne Lied kenne ich nicht, doch Yvonne meint, es wäre ein altes deutsches Volkslied. Ich glaube, ich kenne keine Volkslieder.

Yvonne macht mich auf vieles aufmerksam, auf die lustig umherspringenden Eichhörnchen, die bunten Eichelhäher und Spechte. Für mich ist das alles neu, weil ich mir nicht vorstellen kann, dass ich daheim Tiere beobachtete.

Jeden Tag frage ich mich hundert Mal, ob ich dies und jenes nicht weiß oder „nur" vergessen habe. Die Therapeutin hat mir verschiedene Übungen aufgetragen: Buchstaben in Wörtern zählen, Sätze rückwärts sprechen, diverse Fingerübungen machen, auf einem Textblatt alle *h* durchstreichen. Sie ermahnt mich, die Übungen konsequent durchzuführen und nicht schleifen zu lassen. Ich versuche es, doch es führt zu nichts. Nur zu mehr Frust.

„Die Übungen sind Unsinn", verkünde ich meinen Freunden. „Wie kann ich mich an meine Schwester erinnern, weil ich einen Satz rückwärts rede? *Rede rückwärts Satz einen ich wenn?* So ein Blödsinn! Und wenn ich mit dem Daumen abwechselnd auf meine Finger tippe, erkenne ich meine Mutter wieder?"

„Das sind wichtige Übungen, um dein Gedächtnis zu animieren", erklärt Sven. „Gehirntraining nennt man das. Und jede Form von Gehirntraining stoppt den Prozess des geistigen Leistungsabbaus."

„Mein Gehirn funktioniert, es hat die volle Leistung, nur keine Erinnerung."

Yvonne legt ihre Arme um meine Schultern.

„Wenn du dich nicht erinnerst, dann ist es eben so", tröstet sie mich. „Quäle dich nicht, das bringt nichts."

Sie hat leicht reden. Natürlich meint sie es gut, das weiß ich, aber das ändert nichts an meinem Problem.

„Es bringt nichts", stimme ich zu. „Doch was soll ich tun?"

„Ich würde überhaupt nicht mehr nachdenken und jeden Tag einfach so leben, wie es mir gefällt", rät Silke.

„Ist das nicht schrecklich egoistisch?", frage ich.

Silke verzieht den Mund.

„Egoistisch bist du, weil du nur an dich denkst. Du

jammerst, weil du dich nicht erinnerst und kümmerst dich einen Dreck darum, wie deine Familie mit dir klarkommt. Du sagst, dass du sie gar nicht kennst und wendest dich ab. Ich würde mich für so eine Tochter oder Schwester nicht bedanken."

Bin ich wirklich egoistisch, weil ich sage, was ich fühle?

„Aber wie soll ich mich meinen Eltern und Freunden gegenüber verhalten? Ich erkenne sie wirklich nicht." Leise füge ich hinzu: „Und eigentlich mag sie auch nicht."

Dafür schäme ich mich, aber ich kann es nicht ändern.

„Du musst deine Familie nicht mögen, aber sie als deine Eltern und Geschwister akzeptieren. Sie bemühen sich um dich, obwohl du anders bist als du früher warst. Für ihre Mühe solltest du dankbar sein."

Yvonne hat Recht. Ich sollte dankbar sein und mich nicht über meine Familie ärgern. Sie können nichts dafür, dass ich plötzlich eine Andere bin. Ich aber auch nicht.

„Deine Freunde waren dir als alte Elvira wichtig. Heute gehst du andere Wege und siehst die Dinge und Menschen anders als früher. Das ist normal. Deshalb gehen Freundschaften auseinander."

Ist das wirklich so einfach?

„Ich muss mir also keine Gedanken machen, weil ich Ulrich und Ute nicht mag?"

„Nein, das musst du nicht. Du musst dich nicht einmal rechtfertigen. Es ist wie es ist."

*****

Am Abend gehen wir in ein Lokal und feiern das Ende der Kur von Silke und Yvonne.

„Meine blöde Chefin hat mir den Dienstplan für nächsten Monat aufs Handy geschickt", schimpft Silke. „Die hat mich voll eingeteilt und nicht mal gefragt, wie es mir geht."

„Hast du ihr nicht gesagt, dass du laut Abschlussbericht arbeitsunfähig bist?"

„Klar habe ich ihr das um die Ohren gehauen, aber die tut so, als ob ich nicht zurückkommen *will*."

„Willst du etwa?", fragt Sven und zwinkert Silke zu.

„Ich hätte jedenfalls keine Lust, alten Leuten den Hintern abzuwischen."

Silke und Yvonne sind Pfleger in einem Altenheim. Silke in Chemnitz und Yvonne nicht weit von Bad Elster entfernt.

„Mir macht das nix, aber ich hätte gern mehr Geld", erklärt Silke.

„Wer nicht?"

Alle lachen.

„Poputzen stört mich nicht. Bei meinen Kindern mache ich es schließlich auch."

„Aber das kann man doch nicht vergleichen!", empöre ich mich.

„Allerdings war früher das Säubern der Alten leichter, weil es natürlicher war."

„War früher ein alter Arsch schöner als heute?"

Sven freut sich laut über seinen Witz und schlägt vergnügt auf seinen Schenkel.

„Das nicht. Aber sie geben den Alten Eisentabletten, was die Antriebslosigkeit beheben soll", erklärt Yvonne.

„Schöne Scheiße!", flucht Silke. „Im wahrsten Sinne des Wortes. Denn das Medikament hat recht unangenehme Nebenwirkungen: dünn oder fest."

Die beiden Frauen schauen sich an und nicken sich zu.

„Bei Durchfall tragen sie meist eine Windel. Das ist auch nicht lustig. Aber bei Hartleibigkeit helfen sich die Alten selbst."

„Wie das?", will Sven wissen.

Mir behagt zwar das Thema nicht, aber auch ich schaue Yvonne erwartungsvoll an und will den Rest der Geschichte hören.

Silke steht auf und fasst sich an ihren Po. Sie legt Daumen und Zeigefinger aneinander und tut so, als ob sie einen Wurm aus dem Hintern zieht, den sie dann interessiert betrachtet. Dabei verzieht sie das Gesicht. Schließlich wirft sie den „Wurm" auf den Boden.

„Das glaube ich jetzt nicht", sage ich entsetzt.

„Und doch ist es wahr."

Sven lacht schallend. Ich finde es einfach nur eklig!

Nein, Pfleger wäre kein Beruf für mich.

Erst nach 22 Uhr kommen wir aus dem Lokal zurück, aber die Eingangstür ist verschlossen. Wir klopfen und klingeln, müssen aber recht lange warten, bis endlich der Wachschutz kommt und aufsperrt.

„Das ist ein Kurheim und kein Hotel!", wettert er. „Merken Sie sich das!"

Eine halbe Stunde später klopft er an Svens Tür, wo wir alle vier auf dem Bett sitzen und Wein aus Zahnputzbechern trinken. Der Wachmann notiert unsere Namen.

„Ich muss das melden."

„Mach das!" Sven feixt. „Kriegst nen Orden dafür."

„Was passiert jetzt?", frage ich.

„Keine Sorge. Irgendwer wird den Finger heben und dudu machen. Wir sind erwachsen und müssen nicht um Erlaubnis bitten, wenn wir mit Freunden ein Glas Wein trinken wollen."

*****

Am Morgen weckt mich wie jeden Tag ein laut kreischender Keilriemen. Das nervt! Ich springe aus dem Bett, um zu sehen, wer dieses furchtbare Geräusch verursacht, aber den Parkplatz kann ich nicht einsehen. Fährt um diese frühe Stunde der Nachtdienst weg? Oder bringt ein Lieferant frische

Brötchen? Im ersten Zorn habe ich die unfreundliche Frau von der Rezeption in Verdacht und stelle mir vor, dass sie die Kurgäste absichtlich weckt.

Beim Frühstück herrscht gedrückte Stimmung, nicht nur wegen des bevorstehenden Abschieds, denn Yvonne und Silke können beide kaum laufen. Yvonne sitzt im Bademantel am Tisch, weil sie an den Knien eiergroße Beulen hat und damit nicht in ihre Jeans passt. Sie vermutet, dass sie sich bei unserer letzten Wanderung überanstrengt hat und will die furchtbaren Schwellungen gleich der Ärztin zeigen.

Silke wird sie begleiten, weil sie sich die Knöchel vertrat. Daran ist sie selbst schuld, denn sie daddelt sogar beim Laufen ständig auf ihrem Handy und übersieht die Wurzeln auf den Wegen.

Yvonne weint, als sie sich von Sven verabschiedet.

„War sie dein Kurschatten?", frage ich ihn.

Sven lacht und erklärt: „Die Bezeichnung Kurschatten gibt es nicht mehr."

„Nicht?"

„Nein. Heute heißt das Sternschnuppe."

Entgeistert schaue ich ihn an, weil ich mir keinen Reim auf diese Bezeichnung machen kann.

„Drei Wochen lang war sie mein Stern, doch jetzt ist sie mir schnuppe."

Wieder lacht er. Ich lache nicht, weil mir das recht abwertend vorkommt. Silke sagt, dass jeder nach der Kur in sein Leben zurückgeht und dort weitermacht, wo er aufgehört hat.

Nur ich kann das nicht.

Ich denke an daheim, an die vielen Fotos, die Mutter überall aufgestellt hat, Fotos von Familienausflügen. Sie sind allesamt wie eine Mahnung, dass ich mich endlich erinnern soll.

*****

Ich sitze im Therapieraum und schaue mich um. Hier gibt es nicht wie in den Zimmern und Fluren Gemälde von Bergen, Wäldern und dem Meer. Hier hängen riesige quadratische Leinwände voller roter Striche ohne jeden Sinn, denn sie stellen nichts dar. Sie ergeben kein Haus oder Boot, sie sind einfach nur dicke und dünne, kurze und lange rote Striche.

Die Psychologin behauptet, Rot steht für die Liebe, Wärme und Kraft und wirkt gut in der Therapie bei Minderwertigkeitsgefühlen, mangelndem Durchsetzungsvermögen und fehlendem Selbstbewusstsein Wie kann ich selbstbewusst sein, wenn ich mein Selbst gar nicht kenne? Mich macht dieses Durcheinander verrückt und die rote Farbe aggressiv. Es hat aber keinen Sinn, der Frau das zu sagen, weil sie es sowieso besser weiß. In der Schule wird man ihr gesagt haben, wozu rote Striche gut sind. Was ihre Patienten empfinden, will sie gar nicht wissen.

„Die erste Frage lautet wie immer: Was haben Sie in der Nacht geträumt?", fragt die Therapeutin.

Ich schlucke und überlege, ob ich darüber sprechen will. Es war kein schöner Traum.

„Sagen Sie es mit ihren eigenen Worten", ermuntert sie mich.

„Natürlich!", gebe ich wütend zurück. „Mit wessen Worten denn sonst, wenn nicht mit meinen eigenen?"

Die Frau lächelt und nickt mir zu. Ich kann mich nicht entschließen, über meinen seltsamen Traum zu sprechen. Andererseits will ich wissen, was er bedeutet und möchte nun doch reden.

„Mein Vater saß in einem Sessel und ich sprach mit ihm."

„Worüber haben Sie gesprochen?"

Ich zucke mit der Schulter.

„Das weiß ich nicht. Ich sah nicht mich, nur ihn. Er reagierte nicht, was mich wütend machte. Mir schien sogar, dass er schläft, obwohl ich in meinem Zorn immer lauter wurde. Schließlich ging ich zu ihm und stieß ihn gegen die Schulter. Da sackte er nach vorn und mir wurde klar, dass er tot ist."

„Aber Ihr Vater lebt?"

„Auch in meinem Traum lebte er wieder, denn er saß plötzlich ganz normal am Tisch und löffelte eine Suppe."

„Haben Sie ein gutes Verhältnis zu Ihrem Vater?"

Warum fragt sie? Sie weiß doch, dass ich das nicht weiß. Ich weiß nur, dass er gar nicht bei uns lebt, sondern bei seiner Assistentin. Ich habe keine Ahnung, ob wir uns früher mochten. Auf den Urlaubsfotos zeigt er immer das gleiche Gesicht, er lacht, wirkt aber nicht fröhlich. Vielleicht ist er streng, vielleicht auch nicht. Mir glaubt er jedenfalls nicht, dass ich mich an nichts aus meiner Vergangenheit erinnere. Deshalb mag ich nicht mit ihm reden. Für mich ist er gar nicht da.

Das ist es! Für mich ist er nicht da, er existiert nicht, als wäre er bereits gestorben. Tot.

„Mein Vater lebt in der Stadt, nicht bei meiner Mutter, obwohl sie noch verheiratet sind. Er braucht uns nicht. Ich brauche ihn nicht."

„Menschen brauchen immer Menschen und bevorzugen die Vertrauten", erklärt meine Therapeutin.

Ich seufze und frage mich, ob diese Frau mir jemals zugehört hat.

„Hier in der Kur hatte ich Vertraute, *daheim* nicht."

Daheim sage ich sarkastisch und setze mit den Fingern Anführungsstriche in die Luft.

„Da Sie sich an keine Vertrauten erinnern, müssen Sie einen anderen Weg finden. Kein Arzt kann Ihnen Ihr Gedächtnis wiedergeben. Niemand kann Sie besser heilen als Sie selbst."

„Und warum sitze ich dann hier?"

„Weil ich Sie unterstützen möchte, damit Sie sich im Alltag zurechtfinden. Sie müssen lernen, das

Positive in Ihrer negativen Situation zu erkennen und sich wohl oder übel neu orientieren."

„Neu orientieren? Was meinen Sie damit?"

„Sie sollten alles, was Sie ab heute erleben, bewusst mit Freude wahrnehmen und zwar als neue Erfahrung. Sie sollten versuchen, Ihre Familie, Ihre Freunde und Ihre Kollegen so kennenzulernen, als würden Sie ihnen zum ersten Mal begegnen."

„Ich kann nicht meine Mutter, die mich sechsundzwanzig Jahre erzog und versorgte, so sehen, als würde ich ihr zum ersten Mal begegnen. Das ist absurd."

Die Therapeutin lächelt mich an.

„Genau genommen ist es tatsächlich absurd, aber eine andere Möglichkeit haben Sie nicht. Ich glaube, es bringt Ihnen nichts, in der Vergangenheit zu graben, weil es für Sie keine Vergangenheit gibt. Es gibt nur das Hier und Jetzt."

Das ist mir inzwischen selbst klar geworden. Ich will die alten Geschichten nicht mehr hören und die Fotos nicht mehr sehen.

„Mir graut vor daheim. Ich weiß, dass mir meine Familie nahe steht, aber ich spüre diese Nähe nicht. Ich möchte schreien, dass ich Abstand brauche, weil ich sonst um mich schlage."

„Dann sorgen Sie für diesen Abstand!"

„Ist das nicht unfair meiner Familie gegenüber?", frage ich und denke an Silkes Worte, als sie mich egoistisch nannte.

„Das mag sein." Sie schaut mich prüfend an. „Aber ist es nicht auch unfair von Ihrer Familie, wenn sie erwartet, dass Sie sich an sie erinnern, obwohl sie das gar nicht können?"

Was denn nun? Bin ich unfair oder meine Familie? Wer soll auf wen Rücksicht nehmen?

„Sie quälen mich. Manchmal hasse ich sie."

„Sie sollten auch die andere Seite sehen, die Seite Ihrer Mutter zum Beispiel. Für sie muss es unerträglich sein, als Fremde wahrgenommen zu werden."

Genau das hat sie mir auch schon gesagt. Nur ich konnte es nicht so sehen. Ich bin immer von mir ausgegangen und fühlte mich gegängelt. Dabei weiß ich, dass mich meine Familie liebt und nur beschützen will. Meine Mutter bemüht sich sehr, doch ich halte ihre Bemühungen nicht aus. Ich spüre nicht die Gefühle, die eine Tochter haben sollte und bringe das Wort Mama nicht über die Lippen. Sie ist für mich nur eine nette Frau, die sich um mich kümmert, keine, zu der ich eine enge Verbindung spüre. Mutter kann nichts dafür, dass ich mich nicht an sie erinnere und ihre Nähe nicht mag. Wenn ich daran denke, dass meine Kur bald vorüber ist und ich wieder zurück in dieses fremde Zuhause muss, könnte ich heulen.

„Hier habe ich mich wohl gefühlt. Hier hat mich niemand genervt, dass ich mich erinnern soll. Am liebsten würde ich gar nicht nach Hause zurück gehen."

Natürlich weiß ich, dass das nicht geht. Ich denke so auch nicht wirklich. Ich habe nur Angst vor der nächsten Begegnung.

„Was soll ich nur tun?"

„Das müssen Sie selbst entscheiden."

„Warum sitze ich stundenlang hier und beantworte unzählige Fragen, wenn ich von Ihnen keine Antworten und keinen nützlichen Rat erhalte?"

„Ich kann Ihnen nur helfen, zu sich selbst zu finden."

„Und warum helfen Sie mir dann nicht?", schreie ich die Frau an.

Wenn sie jetzt lächelt, werde ich handgreiflich. Aber sie lächelt nicht. Sie spricht auch nicht. Da kann ich genauso gut gehen. Entschlossen stehe ich auf.

„Ein Wort zum Schluss", sagt sie leise und steht ebenfalls auf. „Sie sollten Ihnen und Ihren Eltern noch eine Chance geben, sich zusammenzufinden. Wenn das nicht klappt, wäre es einfacher, in einer fremden Umgebung neu anzufangen."

Genau diesen Rat gab mir auch meine Oma. Neu anfangen in einer fremden Stadt, wo mich niemand kennt und ich alles neu kennenlernen muss. Warum nicht?

Es ist seltsam: Ich weiß, wie man spricht und schreibt, kann meinen Computer und mein Smartphone bedienen, aber ich weiß nicht, wer all die Leute auf den Fotos, in der Kanzlei und in der Bar sind. Ich weiß nicht, was ich immer gern gegessen habe und wie ich nach Hause finde. Dieses Zuhause ist mir ebenso fremd wie meine Heimatstadt München. Ich erkenne nichts in dieser Stadt und mag sie auch nicht. Sie ist mir viel zu laut. Ja, ich kann genauso gut woanders wohnen.

Meine Geschwister sind erwachsen und leben in anderen Städten. Evi sehe ich nur am Wochenende und Elmar ist glücklich in Augsburg. Ich bin sechsundzwanzig Jahre alt und sollte wirklich daheim ausziehen und auf eigenen Beinen stehen.

*****

Am letzten Tag will ich meinen Schlüssel und den Bademantel an der Rezeption abgeben.

„Den Mantel nehme ich Ihnen nicht ab."

Irritiert schaue ich die Frau an und frage, wo ich den Mantel lassen kann.

„Steht auf der Rückseite Ihrer Liste."

Ich drehe die Seite um. Dort steht so viel Text, dass ich die Stelle nicht sogleich finde, wo und wann welche Dinge abgegeben werden müssen.

„Können Sie mir nicht einfach sagen, wo ich den Mantel abgeben kann?"

„Können Sie nicht einfach lesen?", giftet die Frau zurück.

Was antwortet man solch einer unfreundlichen Person, die an der Rezeption sitzt und eigentlich besonders freundlich und hilfsbereit sein sollte?

„Den Gang runter, vor der Schwimmhalle links." Sie macht eine Pause und setzt dann hämisch grinsend hinzu: „Aber im Moment ist da keiner."

Am liebsten würde ich den Mantel einfach auf den Tresen werfen und hinausgehen. Doch ich kann mich beherrschen und schaue zur Ausgangstür, ob ich vielleicht Vaters Fahrer draußen sehe. Er wollte mich pünktlich16 Uhr abholen, doch ich kann ihn nirgends entdecken.

„Sie hätten den Mantel gestern abgeben müssen. Warum kommen Sie erst heute?"

„Weil ich 14 Uhr noch Wassergymnastik hatte."

„Dann hätten Sie ihn dem Bademeister geben müssen."

„Aha! Und danach nackt durchs Haus laufen?"

Die Frau brummt etwas und prüft ihre Liste.

„Wo ist das Blutdruckmessgerät?"

„Ich habe keins."

„Hier steht, dass sie am zweiten Tag mehrfach den Blutdruck messen und die Werte in die Tabelle eintragen sollten. Wo ist die Tabelle?"

Ich gebe ihr das Blatt.

„Es ist leer."

„Richtig. Sie wollten mir weder am ersten noch am Folgetag das Gerät aushändigen, weil es Ihnen zeitlich nicht passte. Also ließ ich es sein."

Die Frau nimmt ihre Brille ab und wirft mir einen abschätzigen Blick zu, der mich nicht mehr ärgert, sondern amüsiert. Es ist mein letzter Tag.

„Wenn nichts weiter ist, gehe ich jetzt. Ich wünsche Ihnen noch einen angenehmen Tag."

Verdutzt mustert mich die Frau und murmelt: „Auf Wiedersehen!"

„Ich glaube nicht, dass es ein Wiedersehen geben wird."

In diesem Moment kommt Vaters Fahrer zur Tür herein, grüßt kurz, ergreift meine beiden Koffer und geht wieder hinaus. Ich folge ihm, ohne mich noch einmal umzuschauen.

Wieder daheim

„Schätzchen! Da bist du endlich!", ruft Mutter aus.

Erstaunt merke ich, dass ich mich freue, sie wiederzusehen. Sie küsst mich auf beide Wangen und umfasst dabei leicht meine Schultern. Auch das ist mir dieses Mal nicht unangenehm.

Sofort beim Abendessen sage ich, dass wir dringend über meine Zukunft sprechen müssen. Bevor mich der Mut verlässt, platze ich ohne Einleitung heraus:

„Ich werde weggehen, fort von hier."

Mutter nickt, aber ich sehe ihr an, dass ihr diese Mitteilung nicht gefällt. Sie richtet ihr Haar, stellt die

Teller zusammen und fragt:

„Was wird aus Ulrich?"

„Aus Ulrich? Wie kommst du auf Ulrich?"

An ihn hatte ich überhaupt nicht gedacht, sondern befürchtet, sie fragt, was aus *ihr* wird, wenn ich fortgehe. Nur diese Frage hatte ich erwartet und wollte antworten, dass Kinder ihr Elternhaus verlassen, wenn sie erwachsen sind. Immerhin bin ich schon sechsundzwanzig Jahre alt. Aber wie kommt sie auf Ulrich?

„Ihr wollt im nächsten Jahr heiraten."

„Waaas? Heiraten?"

Ich bin *erst* sechsundzwanzig!

„Du sagtest, er sei der Mann deines Lebens."

Der Mann meines Lebens? So ein Unsinn!

„Du bist sechsundzwanzig, also im besten heiratsfähigen Alter."

„Nein! Ich werde nicht heiraten und schon gar nicht Ulrich."

Warum sollte ich überhaupt heiraten? Um wie meine Eltern eine Ehe, die gar keine ist, zu präsentieren? Oder mit einem Mann wie Ulrich leben, der mal eben mit meiner Freundin im Damenklo verschwindet?

„Hast du in der Kur einen anderen Mann kennengelernt?"

„Was glaubst du?", schreie ich sie an. „Ich bin nicht auf der Suche nach einem Mann. Ich bin auf der Suche nach mir selbst. Verstehst du das nicht?

Dabei kann mir niemand helfen, auch du nicht."

Jetzt ist es gesagt, härter und direkter als von mir beabsichtigt. Das tut mir leid. Aber ich kann die Worte nicht mehr zurücknehmen, gesagt ist gesagt.

Fast flüstere ich: „Ich mag Ulrich nicht mehr. Ich mag so vieles nicht, was ich früher mochte. Deshalb muss ich herausfinden, was *jetzt* gut für mich ist. Und das muss ich ganz allein für mich."

„Verstehe", murmelt sie.

Aber ich sehe ihr an, dass sie nichts versteht. Sie will, dass ich in ihrer Nähe bleibe, damit sie helfen kann. Doch ich will ihre Hilfe nicht.

„Früher warst du lebhaft, hast viel geredet und gelacht."

„Worüber soll ich denn reden? Und worüber lachen? Darüber, dass ich nicht weiß, wer ich bin? Kannst du mir das sagen?"

„Nein, das kann ich nicht. Ich will dir nur sagen, dass es auch für mich nicht leicht ist. Du bist meine Tochter, siehst aus wie meine Tochter und bist doch eine Andere. Eine, die verschlossen ist, mit der ich mich nicht auskenne und die mir immer das Gefühl gibt, alles falsch zu machen."

„Es tut mir leid", sage ich und meine es auch so.

Ich bin so auf mein fehlendes Ich konzentriert, dass ich vergesse, wie verstörend anders ich jetzt auf mein Umfeld wirke.

„Gut." Sie streicht seufzend ihren Rock glatt und

schaut mich ernst an. „Du bist alt genug. Aber vergiss nicht, dass du krank bist."

„Ich bin nicht krank! Ich habe nur mein Gedächtnis verloren." Glaubt sie, ich sei geistesgestört? „Mein Hirn funktioniert, aber nur bei neuen Dingen, nicht bei alten."

„Schätzchen, so habe ich das nicht gemeint. Ich dachte, Liebe reicht aus, doch manchmal stimmt das eben nicht."

*****

Obwohl ich sehr deutlich sagte, dass ich allein und ganz in Ruhe nachdenken will, hat Mutter für das kommende Wochenende den Familienrat einberufen. Nach dem Essen sitzen wir in der Sofaecke: Vater, Mutter, Elmar und Evi. Die Stimmung ist gedrückt. Ich erzähle von der Kur, dass ich dort nette Leute kennenlernte, mit denen ich täglich im Wald spazieren ging.

„Du im Wald?", amüsiert sich Evi. „Du magst keinen Wald und hast immer gesagt, dass es dort nur Bäume gibt."

„Im Wald bekommt man einen klaren Kopf", entgegne ich.

„Du warst nie im Wald, du bist ein Stadtkind, das ausgehen und feiern will."

„Komm endlich zur Sache!", unterbricht Vater.

„Die Therapeutin sagt ..."

„Mir ist schnurz, was diese Frau sagt. Ich will wissen, was du dir dabei gedacht hast, ausgerechnet jetzt davonzulaufen."

Er weiß also, dass ich weggehen will. Auch meinen Geschwistern sehe ich an, dass sie es wissen. Doch sie schauen mich eher interessiert an und nicht so entsetzt und abweisend wie meine Eltern. Warum nur hat Mutter alles ausgetratscht und nicht abgewartet, bis ich bereit bin, ihnen mit meinen eigenen Worten von meinen Gedanken zu erzählen, zumal ich noch keinen konkreten Plan habe. Alle sagen, dass sie mir helfen wollen, doch alle haben ihre eigenen Ideen von der Hilfe, die ich ihrer Meinung nach brauche. Keiner fragt, wie es mir geht und wie ich ohne jede Erinnerung zurecht komme. Ich komme mir vor wie vor Gericht. Ich soll mich rechtfertigen für einen Plan, den es noch gar nicht gibt. Mir ist nur klar, dass ich nicht in meinem alten Leben bleiben kann, dass ich fortgehen *muss*, um mich selbst zu finden.

„Lass sie doch erst einmal ausreden!", bittet Evi.

Dankbar schaue ich sie an und überlege, ob ich sagen soll, dass Oma die gleiche Lösung vorschlug wie die Therapeutin. Aber ich verwerfe den Gedanken schnell wieder.

„Die Therapeutin meint, ich soll mir Zeit nehmen, um meine Familie neu kennenzulernen."

„Na also!", ruft Vater aus. „Dann ist ja alles gesagt."

Er macht Anstalten, sich zu verabschieden. Für ihn

gibt es nichts mehr zu klären.

„Aber das funktioniert nicht!", versuche ich zu erklären und spüre, wie mir die Tränen in die Augen schießen.

„Immer mit der Ruhe", meldet sich Elmar und klopft sanft auf meine Hand.

Ich habe völlig falsch angefangen und hätte das gar nicht sagen sollen. Aber ich hatte gehofft, dass sie mich dann besser verstehen. Doch ich habe das Gefühl, dass keiner meine Meinung hören will.

„Ich weiß, dass ihr mir helfen wollt, doch es ist allein *mein* Kopf, in dem es nichts aus meiner Vergangenheit gibt. Elmar sagt, ich treibe gern Sport. Vielleicht war das einmal so, aber heute habe ich dazu keine Lust. Ich mag keinen Wettkampf, ich sehe keinen Sinn darin, mich körperlich anzustrengen und besser sein zu wollen als jemand anders."

Elmar lacht, Vater schüttelt den Kopf und Mutter schaut mich entsetzt an.

„Evi sagt, ich gehe gern feiern, aber das macht mir keine Freude. Wozu sollte ich in einem Lokal sitzen und mit Leuten, die ich nicht mag, meine Zeit vertrödeln. Daheim in Ruhe etwas trinken finde ich viel gemütlicher."

Jetzt schüttelt Evi lachend den Kopf, während sich die anderen betreten anschauen. Habe ich etwas Falsches gesagt?

„Mama behauptet, ich esse kein Fleisch. Ich kann mich nicht daran erinnern, jemals so eine blöde

Idee gehabt zu haben."

Ich merke, dass ich immer lauter werde.

„Du wirst nichts übereilen!", bestimmt Vater. „Bevor du komplett deine Erziehung vergisst und alles auf den Kopf stellst, beendest du dein Referendariat. Nach dem zweiten Staatsexamen kannst du deine Hirngespinste ausleben, aber nicht mehr auf meine Kosten."

Entsetzt schaue ich Vater an. Er will mir den Geldhahn zudrehen.

„Langsam", bittet Mutter. „Elvira hat noch gar nicht gesagt, wie sie sich ihre Zukunft vorstellt."

„Das weiß ich noch nicht. Ich weiß nur, dass ich selbst herausfinden will, wer ich bin."

Evi kichert und sagt: „Du bist du! Wer denn sonst?"

„Das stimmt, aber ihr kennt mich so, wie ich früher war. Doch so kenne ich mich nicht. Ich merke nur, dass ich das, was ich früher mochte, nicht mehr mag. Dazu gehören meine Freunde Ute und Ulrich und auch meine Arbeit. Ich will kein Anwalt sein."

„Da hört sich doch alles auf!", brüllt Vater und haut mit der Hand auf den Tisch. „Du wirst nicht all die Jahre, in denen du studiert hast, einfach so wegwerfen!"

Sachlich gesehen wäre es dumm, fünf unendlich lange Studienjahre vergebens durchgestanden zu haben. Aber es wäre wohl noch dümmer, mich durch das Referendariat in der steifen Kanzlei zu quälen, um danach für das zweite Examen zu büffeln, obwohl ich gar kein Vollanwalt sein will.

„Sie mag nicht!", verteidigt mich Elmar und zuckt gelassen mit der Schulter.

„Das Leben ist kein Wunschkonzert!", ereifert sich Vater. „Was man beginnt, bringt man zu Ende."

„Man muss aber auch ehrlich zu sich selbst sein. Elvira fühlt heute anders als vor ihrem Unfall, also braucht sie andere Freunde und eine andere Arbeit. Ich kann sie verstehen."

Dankbar schaue ich Elmar an.

Vater brummt: „Alles faule Ausreden."

„Ich verstehe dich nicht, Schätzchen. Dir geht es doch gut hier. Du hast eine schöne Wohnung und einen netten Freund."

„Den sie aber nicht will!", springt Evi ein.

Mutter wirft ihr einen strengen Blick zu und wendet sich mir zu.

Mit milder Stimme bittet sie: „Wenn du vernünftig bist, bist du im nächsten Jahr ein anerkannter Anwalt und genießt ein schönes Leben."

„Man kann nur das genießen, was man mag", sage ich und schaue Vater trotzig an. „Dir gefällt es hier auch nicht."

„Aber mir gefällt es, eure Rechnungen zu bezahlen!", schreit er und haut noch einmal mit der Faust auf den Tisch. „Was glaubst du, wer dieses große Haus und das Leben von euch drei Damen finanziert?"

Sofort bereue ich meine Worte. Vater mag nicht

ehrlich sein, mit einer anderen Frau in der Stadt leben und den Leuten eine Ehe vorspielen, die es gar nicht gibt. Aber er sorgt nach wie vor für seine Familie.

Trotzdem nehme ich all meinen Mut zusammen und schaue ihm direkt in die Augen, während ich leise sage: „Ich werde dir nicht länger auf der Tasche liegen."

„Überlege dir, was du sagst!", droht er. „Ein guter Anwalt wählt seine Worte vorsichtiger."

„Ich will kein Anwalt sein, weil mir die Atmosphäre in der Kanzlei zuwider ist."

Dieses Taktieren, Abwägen, Palavern, Verschweigen und stundenlange Diskutieren ist ähnlich wie in der Politik und gefällt mir gar nicht.

„Und was will die schlaue, lebenserfahrene junge Dame stattdessen?", fragt Vater scharf.

Ich weiß nicht, was ich will. Das habe ich schon hundert Mal gesagt. Hört mir keiner zu? Wütend stehe ich auf.

„Du bleibst! Setz dich und höre mir zu!", bestimmt Vater.

„Ich stehe lieber", sage ich, verschränke meine Arme, drehe mich zu Seite und schaue demonstrativ aus dem Fenster.

„Lass Elvira doch erst einmal zur Ruhe kommen!", fordert Elmar.

„Sie hatte drei Wochen Ruhe während ihrer Kur, für deren Kosten ich nebenbei bemerkt ebenfalls aufkam."

„Tut mir leid", sage ich leise.

„Das muss dir nicht leid tun." Elmar schaut mich an und ich sehe, dass er mich wirklich versteht. „Denke ganz in Ruhe nach und prüfe, was dir Freude macht!"

„Das Leben besteht nicht aus Freude, sondern aus Arbeit, was du als Arzt wissen solltest."

„Doch zuerst muss man wissen, was man arbeiten möchte, um leben zu können."

„Man kann nicht nur tun, was man mag, sondern sollte das mögen, was man tut."

Ich tue nichts, weil ich nicht weiß, was ich mag. Ich weiß nur, dass ich nicht mehr in der Anwaltskanzlei arbeiten werde.

„Euren absurden Firlefanz höre ich mir nicht länger an. Dafür ist mir meine Zeit zu schade." Vater hebt seinen Zeigefinger und stößt ihn mir gegen die Brust. „Drei Wochen gebe ich dir! Dann stellst du mir einen konkreten Plan vor und betest, dass ich ihn absegne!"

Ich nicke und weiß im gleichen Moment, dass ich so schnell wie möglich hier verschwinde. Ich will ab sofort für mich selbst verantwortlich sein, so hart es auch sein mag. Alles ist besser, als weiter von Vater abhängig zu sein. Alles!

Eigentlich hatte ich gehofft, dass mich alle unterstützen wollen. Sie tun es, aber ganz anders als ich es mir wünsche. Evi und Elmar verteidigen mich, die Eltern wollen mich versorgt wissen, aber keiner fragt, was mir so durch den Kopf geht. Deshalb bringt es nichts, ihnen meinen Kummer und meine Hilflosigkeit zu beschreiben. Es ist nicht so, dass ich freiwillig meine Meinung zurückhalte. Es ist nur so, dass keiner sie hören will.

*****

Als ich aus der U-Bahn steige, prüfe ich auf dem Handy, welche Richtung ich einschlagen muss. Ute hat Geburtstag und mich und viele andere Freunde zu einer Party eingeladen. Wohl ist mir nicht dabei, da alle glauben, ich müsste wissen, wer sie sind. Das macht mir jetzt schon Angst. Doch ich habe mir fest vorgenommen, diesen Abend durchzustehen, meine alten Freunde mit neuen Augen zu betrachten und vielleicht meine Meinung zu ändern. Oder zu bestätigen.

Schon unten an der Haustür stehen zwei mir unbekannte junge Frauen, die mich stürmisch umarmen. Ich zucke zurück und versuche zu lächeln.

„Franzi und ich wollen schnell noch eine rauchen, bevor wir zu Ute gehen. Du weißt ja, wie zickig sie ist und man nicht einmal auf ihrem Balkon rauchen darf."

Ich nicke und präge mir den Namen Franzi und das Gesicht dazu ein.

„Du warst schon ewig nicht mehr beim Training.

Bist du krank?"

„Ja. Nein. Nicht wirklich."

Franzi lacht.

„Bisher habe nur ich manchmal das Training ge-
schwänzt. Du dagegen nie."

Von welchem Training spricht sie? Elmar sagte,
dass ich gern Sport treibe, doch ich habe nicht
nachgefragt, weil ich dachte, er meint eine tägliche
Joggingrunde. Aber ich renne nicht, jedenfalls nicht
mehr, weil ich mir dabei blöd vorkomme. Auch jetzt
mag ich nicht fragen, welches Training sie meint.

„Na, ihr Nixen?"

Ein junger Mann, etwas kleiner als ich, umarmt uns
der Reihe nach und drückt eine Klingel. Auf der
Klingel steht Utes Nachname. Aber ich habe nicht
aufgepasst und weiß ihn also noch immer nicht.
Wie peinlich! Schon wieder befällt mich die alte
Angst, mich lächerlich zu machen, weil ich niemanden erkenne, während alle mich kennen.

Nixen hat uns der Typ genannt. Nixen sind grüne
Wassergeister. Darauf kann ich mir keinen Reim
machen, weshalb ich einfach nur gelacht habe.

Alle singen „Happy birthday" statt „Hoch soll sie leben". Vermutlich bin ich die Einzige, die sich daran
stört. Ute packt die Geschenke nicht aus, sondern
stapelt die bunten Päckchen auf einen Tisch in der
Ecke. Sie bedankt sich nicht, weil sie nicht weiß,
was drinnen ist oder weil man sich ein Dankeschön
unter Freunden sparen kann.

Eines der Mädchen zerrt mich in die Mitte des Raumes und legt mir einen Arm auf die Schulter. Ehe mir klar wird, was jetzt passiert, spüre ich auf der anderen Schulter Franzis Arm.

„Los!", ruft sie und ich begreife, dass auch ich meine Arme auf ihre und Franzis Schultern legen soll.

Wollen wir etwa tanzen? Diesen griechischen Sirtaki, dessen Schritte ich nicht beherrsche? Noch bevor ich meinen Gedanken zu Ende denken kann, treten fünf weitere Mädchen dazu. Alle umfassen die Schultern ihrer Nachbarinnen und beugen sich tief nach unten, richten sich wieder auf, heben ihre Arme hoch über den Kopf und rufen gleichzeitig: „Wasser ist unser Reich, wir bewegen uns gleich."

Alle johlen begeistert und klatschen in ihre Hände.

Was hat das zu bedeuten?

Erst viel später am Abend erfahre ich, dass ich zu einer Gruppe Synchronschwimmern gehöre bzw. gehörte.

„Dienstag ist Training. Kommst du?", werde ich von allen Seiten bestürmt.

„Nein!", rufe ich entsetzt aus. „Ich komme überhaupt nicht mehr, weil ich das Wasser hasse."

Alle lachen, weil sie meinen Ausruf für einen Scherz halten. Aber ich scherze nicht. Mir ist es ernst. Doch keiner glaubt mir. Das Gekicher und das Durcheinander der Gespräche geht mir auf die Nerven. Alle reden gleichzeitig, so dass ich überhaupt nichts mehr verstehe. Andere daddeln auf ihren Handys. Am liebsten würde ich einfach still und heimlich verschwinden. Doch das wäre unhöflich. Außerdem habe ich mir vorgenommen, heute Abend ein weiteres Puzzlestück der alten Elvira kennenzulernen. Mit welchen Typen habe ich mich umgeben? Wie war mein Umgang? Wen und was mochte ich? Passt das zur neuen Elvira?

„Das Buffet ist eröffnet!", ruft Ute, was offenbar keiner gehört hat, denn alle unterhalten sich weiter mit ihrem Gegenüber oder ihrem Handy.
Ich schaue mir das üppige Buffet an. Es sind große Platten mit bunten Häppchen, gefüllte Teigteilchen, gegrilltes Gemüse und kleine Hähnchenschenkel, gebratene Fleischpflanzerl, Kuchen und unzählige Schälchen mit diversen Dipps und Früchten. Auf einem weiteren Tisch stehen Flaschen mit Wein, Sekt, Bier, Wasser und die passenden Gläser.
„Willst was?", fragt Ulrich.
Ihn hatte ich bisher noch gar nicht zwischen all den vielen Gästen entdeckt. Wusste er nicht, dass ich komme? Wenn er mein Freund ist, hätte er mich daheim abholen oder wenigstens hier erwarten sollen. So gehört es sich, oder? Andererseits bin ich froh, dass er jetzt erst aufkreuzt, weil er schon wieder seine Finger nicht von mir lässt. Er umfasst derb meine Taille und küsst mich mitten auf den Mund. Ich schiebe ihn derb zurück und sage fros-

tig: „Danke. Ich nehme mir selbst.“

Ulrich lacht und wirft dabei seinen Kopf in den Nacken. Gleichzeitig greift er blind nach einem Teigteilchen und lässt es in den offenen Mund fallen.

„Was trinkst?“, murmelt er kauend, ohne mich anzusehen.

Ich halte mein Glas Rotwein hoch.

„Mehr?“

Ich schüttle den Kopf, um abzulehnen und gleichzeitig meine Missbilligung zu zeigen. Warum kann er nicht in ganzen Sätzen sprechen?

Ulrich legt seinen Arm um Franzis Taille und spricht gleichzeitig mit einem anderen Mädchen, das fasziniert an seinen Lippen hängt. Alle drei halten ein Glas in der Hand und stecken sich gegenseitig Häppchen in den Mund.

„Gibt es hier keine Tische?“, frage ich Ute.

„Nicht bei einer Stehparty.“

„Ich will nicht im Stehen essen.“

„Du bist unangenehm, wenn du so redest.“

„Wie denn?“

„So, als ob du es ernst meinst.“

„Aber ich meine es ernst!“

Meint man nicht immer das ernst, was man sagt?

„Genau das ist es!“, ruft Ute verärgert aus. „Ernst. Du meinst es so, wie du es sagst.“

„Natürlich.“

„Aber das tut man nicht! Es macht die Stimmung kaputt. Ich habe Geburtstag! Schon vergessen?“

Ich weiß, dass sie Geburtstag hat. Weil ich nicht im Stehen essen mag und das sage, mache ich die Stimmung kaputt? Das verstehe ich nicht.

Mir kommt die ganze Gesellschaft irgendwie unecht vor und mir wird klar, dass ich hier nicht hineinpasse. Ich muss mich von meinem alten Leben konsequent trennen. Von meinen Freunden, meiner Arbeit und auch von meiner Familie. Ich weiß nicht, ob und wie das funktioniert, aber ich fühle mich wie ausgelöscht und muss etwas finden, womit ich mich aufbauen kann.

*****

Mutter liegt in ihrem Sessel und schläft, den Mund ganz und die Augen halb geöffnet. Wie tot. Wie sieht jemand aus, der tot ist? Ich habe noch keine Leiche in meinem Leben gesehen oder kann mich wie üblich nicht daran erinnern. Erschrocken über meine eigenen Gedanken wende ich mich ab.

„Elvira! Ich schlafe nicht, ich habe nachgedacht."

Ich seufze, weil ich wieder mit einer Diskussion und vielen Vorwürfen rechne.

„Wie kann es sein, dass du weißt, wie man Kaffee kocht und das Handy benutzt, aber dich nicht an deine Familie erinnerst?"

„Das weiß ich selbst nicht und ist mir ganz und gar nicht geheuer, direkt unheimlich. Ich finde mein Büro in der Stadt und weiß, was zu tun ist, aber ich kenne meine Kollegen nicht. Ich begreife nicht, warum ich diese langweilige Arbeit mache und kann mir nicht vorstellen, sie jemals gemocht zu haben."

„Aber Schätzchen! Natürlich hast du deine Arbeit gemocht! Du wolltest schon immer Anwalt werden."

„Mama! Ich kann nicht weitermachen wie bisher. Ich kann es nicht! Und ich will es auch nicht."

„Aber was willst du stattdessen tun, Schätzchen?"

„Das weiß ich nicht."

Ich merke, dass sie mich nicht versteht. Sie denkt praktisch, aber ich kann das nicht, weil ich keine Basis habe. Dafür fehlt mir meine Vergangenheit.

„Du weißt nicht, wie schlimm das für mich ist, wenn mich alle erkennen und davon ausgehen, dass ich sie ebenso erkenne. Sie vergessen, dass ich alles vergessen habe."

„Wenn ich nur wüsste, wie ich dir helfen kann", ruft Mutter aus und ist den Tränen nahe.

„Ich glaube, da muss ich ganz allein durch. Hier geht das nicht."

„Aber Schätzchen! Wo willst du hin?"

„Irgendwohin, wo mich niemand kennt."

Mutter nickt nachdenklich.

„Das wird schwer für dich, doch wenn du es unbedingt willst, dann solltest du es auch tun. Hast du schon eine Idee?"

Resigniert schüttle ich den Kopf.

„Mach dir keine Sorgen! Wenn es schief geht, kommst du einfach zurück. Deine Wohnung hier im

Haus ist und bleibt deine Wohnung. Immer."
Dankbar schaue ich Mutter an und lasse zu, dass sie mich umarmt.
„Wenn du Hilfe brauchst, werden wir für dich da sein. Auch dein Vater. Lass dich nicht von seinen Worten täuschen. Er liebt dich und wird alles tun, was gut für dich ist."
Sofort laufen mir vor Rührung Tränen übers Gesicht.

Doch Tränen helfen nicht. Ich muss mich entscheiden, aber entscheiden verlangt Mut. Vater hat Recht, ich hatte wochenlang Zeit zum Nachdenken, doch jetzt ist es Zeit für eine Entscheidung. Wenn ich zu feige dazu bin, tun es andere. Ich weiß, dass es anders werden muss, damit es gut werden kann. Doch es wird nicht automatisch besser, weil es anders ist.

*****

Ich setze mich an den Schreibtisch und öffne den Laptop. Meine letzte Suche bei Google leuchtet auf. Sie betraf das Erzgebirge. Das ist ein Zeichen! Gerade dachte ich an Oma und ihr Wurzeln im Erzgebirge. Ich lese die Überschriften und betrachte die Fotos. Mich befällt das seltsame Gefühl, als sei mir das Gebiet mit seinen sanften Hügeln vertraut, obwohl ich vielleicht noch niemals dort war.

Seiffen ist die Wiege der erzgebirgischen Volkskunst, Olbernhau die Stadt der sieben Täler. Das Erzgebirge heißt so, weil seit dem Mittelalter Erze gefördert wurden, vor allem Silber, Nickel und Zinn. Der Bergbau gab vielen Orten den Anhang Berg: Schwarzenberg wird die Perle des Erzgebirges genannt, Annaberg, Marienberg, Schneeberg, Stollberg und Freiberg.

Freiberg ist sogar eine Universitätsstadt und soll auf faszinierende Weise Tradition und Modernität verkörpern. Das klingt interessant. Ich klicke die Bilder an und bin begeistert, allerdings nicht von den Studienmöglichkeiten, weil sich alle nur auf Erkundung, Gewinnung, Verarbeitung, Veredlung und Wiederverwendung von Rohstoffen konzentrieren, wovon ich nichts verstehe.

Ich durchforste die Stellenangebote, finde aber nur Kurierfahrer, Verkäufer und Anwälte. Aber als Anwalt will ich nicht arbeiten, auf keinen Fall. Nicht einmal als Einstieg, um mir in Ruhe etwas anderes zu suchen. Auch nicht als Verkäuferin. Vielleicht sollte ich einfach eine schöne Zweiraumwohnung suchen, die Miete würde sicher Vater übernehmen, bis ich eine passende Arbeit gefunden habe.

Freiberg

Ich sitze im Zug nach Leipzig. Dort muss ich umsteigen, um zuerst nach Chemnitz und von dort nach Freiberg zu kommen. Sechs Stunden werde ich unterwegs sein. Mit dem Flixbus wäre es auch nicht schneller und schon gar nicht bequemer gegangen.

Chemnitz. Dort lebt Silke, die ich während meiner Kur in Bad Elster kennenlernte. Doch ich war nicht so eng mit ihr befreundet, als dass ich Lust hätte, sie anzurufen und mich mit ihr zu treffen. Außerdem hat sie Familie und ist gut zehn Jahre älter als ich. Jeder hat sein Leben und sein Umfeld, in das er nach der Kur zurückkehrt. Jeder – nur ich nicht. Mein Umfeld bedeutet mir nichts.

In Freiberg übernachte ich im Hotel Alekto, das direkt neben dem Bahnhof liegt. Vater hat mein Kreditkartenkonto aufgefüllt, so dass ich mir Zeit lassen kann, eine passende Wohnung und Arbeit zu finden. Das klingt zwar beruhigend, doch plötzlich packt mich die Angst vor meinem eigenen Mut. Warum konnte ich nicht noch ein paar Wochen oder Monate warten? Vielleicht kommt mein Gedächtnis wieder? Oder ich hätte mich schon nach wenigen Tagen in meine Situation gefügt. Vielleicht wäre ich dann zufrieden und müsste nicht mehr weg. Ich habe noch nie zuvor für mich selbst sorgen müssen.

Ich denke an Mutter. Sie sagte, dass ich jederzeit zurückkommen und in meine Wohnung ziehen kann. Vater würde für eine Stelle in einer Kanzlei sorgen.

Aber will ich das wirklich?

*****

Ich schlendere über den Obermarkt, in dessen Mitte ein großes Denkmal eines Ritters steht, den vier Löwen umgeben, aus deren Maul Wasser sprudelt. Auch mitten auf dem Platz sprudeln Wasserfontänen aus der Erde, was sehr hübsch aussieht. Mich faszinieren die alten Häuser, die den quadratischen Markt umgeben. Sie haben zum Teil prunkvoll verzierte Erker und vor allem ungewöhnlich hohe Dächer mit mehrstöckigen Gauben.

Es fängt an zu regnen und ich habe wie immer keinen Schirm dabei. Eilig schlüpfe ich in den nächstbesten Laden. Es ist eine Buchhandlung, die alt und verstaubt auf mich wirkt. Außerdem riecht es leicht muffig. Ich schaue mich um. Vermutlich mag oder mochte ich keine Bücher, weil es daheim in meiner Wohnung keine gibt. Bücher sind wirklich nicht mehr zeitgemäß.

„Sie wünschen?", fragt eine vertrocknet wirkende,

ältere Frau.

Ich wünsche nichts, schon gar kein Buch. Ich will nur nicht nass werden bei dem Platzregen da draußen.

Die Frau wiederholt ihre Frage auf Englisch, weil sie glaubt, ich hätte sie auf Deutsch nicht verstanden.

„Ich schaue mich nur um", versichere ich.

„Hier sind unsere Bestseller, die ich sehr empfehlen kann."

Sie zeigt auf einen Tisch direkt vor mir und hält mir ein Buch mit schwarzem Titelbild entgegen. In verschnörkelten grauen Großbuchstaben lese ich

TOD

ES

SCHMERZ

Darunter kleiner und so hauchdünn gedruckt, dass ich es kaum entziffern kann *THRILLER*.

Den Titel begreife ich nicht. Vielleicht soll es heißen: Tod – es schmerzt? Aber warum druckt man es so falsch auf den Umschlag? Ich greife nicht zu, sondern drehe mich zur Seite und schaue auf ein Regal mit der Überschrift *Liebesromane.* Davor stehen mehrere Frauen, die sichtlich interessiert in Büchern blättern.

„Oh, Sie mögen romantische Liebesgeschichten aus der englischen Grafschaft Cornwell", stellt die Buchhändlerin fest.

Mag bzw. mochte ich schmalzige Liebesgeschichten? Auch das weiß ich nicht. Trotzdem greife ich nach dem Buch, das mir die Frau reicht und weiß nicht, wo ich es unbemerkt ablegen kann, denn ich werde es ganz sicher nicht kaufen. Eine junge Frau mit glatten schwarzen Haaren nimmt mir das Buch aus der Hand, schlägt es irgendwo in der Mitte auf und liest laut: „Der Morgen hat die freundliche Angewohnheit, schon da zu sein, wenn die Menschen erwachen."

Derartiger Unsinn steht in einem gedruckten Buch? Unsicher schaue ich die Frau an und weiß nicht, was sie mir damit sagen will. Findet sie den Text gut oder ebenso albern wie ich? Ich blicke in dunkelbraune Augen, die halb unter einem dichten Pony verborgen sind.

Jetzt lacht die Frau und sagt: „Du siehst aus wie ein verschrecktes Reh." Wieder lacht sie. „Stammkunde bist du hier nicht."

Verblüfft schüttle ich den Kopf.

„Hast wohl gerade erst mit dem Studium angefangen?"

Wieder schüttle ich den Kopf.

„Aber stumm bist du nicht, oder?"

„Nein, nur überrascht. Ich wollte nur ...", mit dem Arm zeige ich nach draußen, aber es regnet nicht mehr.

„Ich bin oft hier und verkrieche mich in eine Ecke, um zu lesen. Das wird zwar nicht so gern gesehen, aber ich kann mir die Bücher, die mir gefallen, nicht leisten."

Sind Bücher denn teuer? Ich habe keine Ahnung und will es auch nicht wissen. Doch die Frau redet einfach weiter.

„Ich mag nur Bücher mit festem Einband."

Was hat der Einband mit dem Roman zu tun? Mir wäre dicke Pappe als Einband zu sperrig und unpraktisch. Manchmal ist sogar noch ein Extra-Papierumschlag drum. Wozu soll das gut sein?

„Warum kaufen die Leute Taschenbücher? Weil sie billig sind? Oder weil sie sie im Urlaub oder nebenbei im Bus lesen und danach wegwerfen wollen? Ein schrecklicher Gedanke! Ich werfe keine Bücher weg, jedenfalls nicht, wenn sie gut geschrieben sind. Was liest du gern?"

Ich lese gar nicht, aber das mag ich nicht sagen, sondern zucke nur mit der Schulter.

„Ich lese nur gute Bücher. Jedes gute Buch handelt von wirklichen Menschen, Alltagsgeschichten sind immer spannend, wenn sie flüssig geschrieben sind. Ich bin die Tonja."

Tonja, ein seltener Name. Doch heute sind viele Namen selten, manche auch seltsam.

„Was ist am Alltag gut oder gar spannend?", frage ich, obwohl ich ohnehin glaube, dass auch Tonja nicht daran glaubt.

„Alles!", ruft sie so laut, dass sich die Frauen nach uns umdrehen und die Buchhändlerin die Stirn runzelt. „Warum wollen die Leute ihrem Alltag entfliehen? Je weiter, desto besser. Sie lesen Geschichten, die im Mittelalter oder in Amerika spielen. Warum schreibt ein deutscher Autor lieber über Amerika als über Russland oder über seine Heimatstadt?"

Darüber muss ich nicht nachdenken, weil es klar ist.

„Weil er eher nach New York fliegt als nach Moskau. Du etwa nicht?"

Tonja schüttelt den Kopf und wirkt irgendwie resigniert und gleichzeitig verärgert.

Ich verstehe ihre Aufregung nicht. Mir ist es gleichgültig, wovon Romane handeln, weil ich so und so keine lese. Mir fällt auch kein Grund ein, weshalb ich eine alltägliche Geschichte lesen soll, die in Unterschleißheim oder Freiberg passiert.

„Am Ende war er nicht einmal dort, wohin er seinen Roman verfrachtet. Im Mittelalter hat er nicht gelebt, auch nicht im zweiten Weltkrieg. Doch wenn er darüber schreibt, ist ihm eine gute Presse und der Literaturpreis sicher."

Jetzt redet sie Blödsinn. Trotzdem höre ich ihr zu, weil sie über langweilige Bücher spricht, als wären sie wichtig. Ihre Augen weiten sich, sie zieht die Stirn kraus, plustert die Wangen auf und betont jedes Wort mit den Händen, als stünde sie nicht in einer Buchhandlung, sondern auf einer Theaterbühne. Ich mag ihre lebhafte Art. Sie spricht mit mir, als wären wir Freundinnen. Dabei kennt sie mich gar nicht.

Sie kennt mich nicht! Und sie erwartet nicht von mir, dass ich sie erkenne. Das ist wunderbar! Meine Freude darüber ist so groß, dass ich sie umarmen möchte. Aber nicht nur sie, sondern diese ganze schöne unbekannte Stadt.

„Du freust dich auf einmal so! Aber ich sehe dir an, dass es nicht wegen der Bücher ist. Richtig?"

„Ach, das ist eine lange Geschichte", weiche ich aus.

„Gut. Du siehst aus, als hättest du viel Zeit. Also gehen wir jetzt nebenan ins Café Hartmann und du erzählst mir deine lange Geschichte."

Verdutzt schaue ich sie an, nicke aber und sage ebenfalls: „Gut."

Tonja ergreift meinen Arm, zieht mich aus dem Geschäft und über die Straße zu einem verschnörkelten Eingangsportal. Dort steigen wir einige Stufen hoch und befinden uns in einer ganz anderen Welt, anheimelnd und altmodisch zugleich. Gleich hinter der Tür thront eine riesige Ladentheke mit einer unglaublichen Vielfalt an Torten, Kuchen und Gebäck. Es gibt außerdem lustige Figuren aus Schokolade und Marzipan und viele verschiedene, offenbar handgemachte Pralinen. Ich bin hin und hergerissen und weiß nicht, was ich wählen soll. Sahnetorte oder ein Marzipangebäck?

„Nimm die Freiberger Eierschecke, wenn du sie

noch nicht kennst!"

Ich nicke zustimmend und folge Tonja ins Café, in dem kleine runde Tische im Wiener Stil Gemütlichkeit ausstrahlen.

In der Speisekarte stehen verschiedene Kakao- und Kaffeespezialitäten mit und ohne Alkohol. Wieder fällt mir die Entscheidung schwer. Solch eine Auswahl hätte ich in dieser kleinen Stadt nicht erwartet.

„Das Café gibt es seit gut hundert Jahren. Ist es nicht traumhaft gemütlich hier?"

Dem kann ich nur zustimmen.

„Studierst du hier?", frage ich.

„Nein, ich bin Bibliothekar."

Deshalb also ihre Vorliebe für Bücher.

„Du arbeitest in einer Bücherei und kaufst dir trotzdem noch zusätzlich Bücher?"

„Warum nicht?" Tonja lacht. „Ich liebe Bücher. Außerdem arbeite ich nicht in der Stadtbücherei, sondern in der Bibliothek der Bergakademie. Dort bin ich zuständig für das Katalogisieren und die Ausleihe von Dissertationen und Diplomarbeiten."

Das hört sich für mich überhaupt nicht spannend an. Spannend dagegen finde ich, dass Tonja Russin ist und bereits als Kind mit ihren Eltern und zwei Geschwistern nach Freiberg kam.

„Genug erzählt von mir! Ich will jetzt deine lange Geschichte hören", bestimmt Tonja.

Wir bestellen uns noch einen Kakao mit Sahne und

ich berichte, dass ich Anwalt werden wollte, aber bei einem Sturz vor wenigen Wochen mein Gedächtnis verloren habe und nun nicht mehr weiß, wer ich bin und was ich will.

„Das ist ja schrecklich!", ruft Tonja aus und ergreift meine Hände. „Was willst du jetzt tun?"

„Das weiß ich nicht. Ich weiß nur, dass mir mein früheres Leben nicht mehr gefällt. Deshalb bin ich hier; weit weg von meiner Arbeit als Anwalt in München, meinen Eltern, Geschwistern und Freunden."

Entsetzt schaut mich Tonja an.

„Aber warum weg von deiner Familie und deinen Freunden? Helfen sie dir nicht?"

„Natürlich wollen sie mir helfen. Sie zeigen Fotos und erzählen von gemeinsamen Erlebnissen. Aber ich kann mich nicht erinnern."

„Furchtbar!"

Tonja schaut mich an und ich spüre ihr Mitgefühl.

„Anfangs fand ich es ebenfalls furchtbar, mich an nichts und niemanden erinnern zu können. Jetzt finde ich es furchtbar, dass alle darauf warten, dass ich mich endlich erinnere. Außerdem erwarten sie, dass ich so bin wie ich immer war. Aber so kann ich nicht sein, weil ich gar nicht weiß, wie ich immer war und wie ich vielleicht gar nicht sein möchte. Ich ertrage diese Erwartungen nicht. Ich ertrage nicht einmal mich, weil es mich gar nicht gibt. Ich bin ausgelöscht."

„Ausgelöscht", murmelt Tonja und seufzt.

„Um meinem Elend zu entgehen, lief ich davon. Aber dem Elend, das in mir steckt, kann ich leider nicht entfliehen."

„Das mag stimmen. Trotzdem halte ich deine Idee für richtig, einfach alles hinter dir zu lassen und in einer fremden Stadt ganz neu anzufangen. Wenn es nicht funktioniert, kannst du jederzeit in dein altes Leben zurück."

„Das sagte meine Mutter auch."

„Eigentlich kann man kein neues Leben anfangen, weil man sein altes Leben überall mit hinnimmt. Doch in deinem Fall gibt es wohl keine andere Möglichkeit." Tonja schaut mich an und lächelt. „Außerdem verändert sich jeder Mensch. Man bleibt nicht, wie man war. Deshalb gehen Freundschaften und Familien auseinander."

Diese Worte trösten mich und ich lächle dankbar zurück.

„Kennst du Freiberg?"

Ich schüttle den Kopf und gestehe, dass ich noch niemals zuvor hier war und gestern erst ankam.

„Aber weshalb hast du ausgerechnet diese Stadt gewählt?"

„Meine Oma stammt aus dem Erzgebirge. Sie hat nicht viel davon erzählt, nur von Holzschnitzereien, die hier Tradition sein sollen. Später gab ich Erzgebirge im Internet ein und habe von den vielen Orten mit Berg gelesen wie Annaberg und Marienberg, Schneeberg; Freiberg gefiel mir am besten.

Deshalb bin ich hier."

„Und was genau willst du machen? Welche Arbeit schwebt dir vor?"

Ich habe nicht die geringste Ahnung und zucke nur hilflos mit der Schulter.

„Du musst strategisch vorgehen!"

Ich muss gar nichts. Ich muss meinen Kakao austrinken, bezahlen und gehen. Tonja spürt meine Verstimmung und legt ihre Hand auf meine. Insgeheim gebe ich ihr Recht. Ich MUSS. Ich kann nicht ewig im Hotel hocken und auf Vaters Kosten meinen Tag vertrödeln. Ich muss überlegen, was ich machen will, was ich machen kann.

„Zumindest weiß ich, dass ich nicht mehr als Anwalt arbeite."

„Das ist schon mal ein Anfang." Sie klopft mit der Hand auf meinen Arm. „Aller Anfang ist schwer. Mein Trick sind Babyschritte."

„Babyschritte? Was meinst du damit?"

„Ich mache immer nur einen einzigen Schritt und erst, nachdem dieser gegangen ist, den nächsten. Den kompletten Berg meiner Probleme muss ich dabei nie im Auge behalten. Du bist fremd hier. Also wäre dein erster Schritt, Freiberg kennenzulernen. Wenn du willst, zeige ich dir die Stadt."

„Das wäre wunderbar!"

„Heute Abend besuchen mich Freunde. Ich möchte, dass du dabei bist. Willst du?"

Als ich nicke, diktiert mir Tonja ihre Adresse, die ich

in mein Handy eingebe.

*****

Zurück im Hotel klappe ich meinen Laptop auf und suche noch einmal nach offenen Stellen in Freiberg, finde aber nichts, was mir gefällt, obwohl es sehr viele gibt. Ich glaube, ich muss anders vorgehen.

Ich nehme ein Blatt Papier und schreibe alle Berufe auf, die mir einfallen. Es sind zwar nicht allzu viele, aber wirklich interessant finde ich keinen. Da ich mich nach Ruhe sehne, schwebt mir ein Job am Computer vor, als Sachbearbeiter. Nur für die Reklamationen möchte ich nicht zuständig sein, weil diese Arbeit ebenso wie die eines Anwalts mit viel Streit verbunden ist. Im Grunde vergeht der Tag am schnellsten, wenn man mit Menschen zu tun hat wie in einem Hotel, einer Schule, in der Pflege oder in einem Amt.

Ich tippe *jobs stadtamt freiberg* in den Computer und erhalte über hundert Vorschläge für die Bereiche Umwelt, Kultur, Haushalt, Finanzen und für die Bibliothek.

Gleich morgen werde ich im Rathaus vorsprechen. Sicher kann ich in einem persönlichen Gespräch weit mehr erfahren und klären, als wenn ich nur die Bewerbungsmappen abschicke.

Besuch bei Tonja

Jetzt wird es Zeit, mich für den Besuch bei Tonja umzuziehen. Wenn ich nur wüsste, ob sie Geburtstag hat und ich ein Geschenk brauche. Sie würde sich über ein Buch freuen, am besten eins mit festem Einband mit einer Geschichte über wirkliche Menschen in der regionalen Gegenwart. Aber ich weiß nicht, welche Bücher sie bereits gelesen hat. Soll ich lieber einen großen Strauß Blumen mitbringen? Oder ist ein kleiner besser, weil nicht so protzig? Vielleicht mag sie keine Blumen oder bevorzugt eine Topfpflanze, die länger hält als ein Strauß. Ich weiß nicht, ob es auf der Party locker oder steif zugeht. Da Tonja keine Kleiderordnung nannte, kann ich wohl in Jeans und Pulli kommen. Mehr habe ich nicht eingepackt, nur für das Bewerbungsgespräch eine schwarze Stoffhose, Pumps und meine rosa Seidenbluse.

Auf dem Weg zu Tonjas Wohnung suche ich nach einem Blumenladen, doch als ich am Café Hartmann vorbeikomme, entscheide ich, Torte für den Nachtisch mitzubringen.

Genau in dem Moment, als ich die Treppe zur Tür hinaufsteigen will, werde ich derb gestoßen und beinahe von einem Mann umgerannt. Hat der Typ keine Augen im Kopf?

„Esel!", schimpfe ich und drücke mit der Hand gegen meine schmerzende Schulter.

Dabei fällt meine Tasche herunter. Der Mann bückt sich, hebt sie auf und reicht sie mir. Dann lächelt er, deutet mit dem Kopf eine Verbeugung an und sagt freundlich: „Angenehm. Mein Name ist Karl-Heinz Lorenz."

Habe ich nach seinem Namen gefragt? Damischer Saupreiß!

Der Typ geht weiter und ich schaue ihm wütend nach. Stolz wie ein Gockel schreitet er aus, wobei seine offene Jacke nach beiden Seiten weht. Sie ist schreiend bunt wie eine Flickendecke und hat noch dazu eine Kapuze, die spitz zuläuft und weit über den Rücken baumelt. Vermutlich findet er das witzig. Ich nicht. Ich finde es kindisch. Jetzt dreht er sich um und winkt mir fröhlich zu. Wie peinlich! Er hat gemerkt, dass ich ihm nachschaue wie eine dumme Gans.

Schnell trete ich einen Schritt zur Seite und verschwinde im Café Hartmann. An der Theke wähle ich eine kleine bunte Torte aus acht verschiedenen Sorten, was originell aussieht und obendrein für jeden Geschmack etwas dabei ist.

Kurz nach dem Obermarkt fällt mir eine Weinhandlung auf. Eigentlich wollte ich eine Flasche Wodka kaufen, weil Tonja Russin ist, doch jetzt scheint mir das weniger passend und ich kaufe je eine gute Flasche Rot- und Weißwein.

In Tonjas Wohnung zähle ich elf junge Leute: fünf Männer und sechs Frauen. Sie hätte nicht mich einladen sollen, sondern einen Mann, dann wären es sechs Paare. Meine kleine Torte reicht allerdings nicht für alle. Einige Gäste sitzen auf dem Sofa, andere stehen oder sitzen bereits am Tisch. Es ist ein riesiger Tisch, der am Ende mit einer altmodischen Anrichte verlängert wurde. Auf der hinteren Seite stehen keine Stühle, sondern eine einfache Bank ohne Lehne.

„Das ist Elli. Sie ist ganz neu in Freiberg und kennt noch niemanden", stellt mich Tonja vor.

„Das wird sich sofort ändern. Ich bin der Richard."

Er gibt mir die Hand zur Begrüßung. Jetzt nennen alle ihre Namen. Einer der Männer hält meine Hand lange in seiner und ich habe das Gefühl, das Gesicht schon einmal gesehen zu haben.

„Deinen Nachnamen kenne ich. Er ist selten, aber leicht zu merken."

„Wie bitte?"

Holt mich meine Vergangenheit sogar in diesem Ort im Erzgebirge ein, der mehr als vierhundert Kilometer von München entfernt ist? Geht das jetzt wieder los, dass ich Leute kennen soll, die ich nicht kenne oder an die ich mich nicht erinnere? Am liebsten würde ich gleich wieder gehen, weil ich keine Lust auf unangenehme Fragen habe, denen ich mühsam ausweichen muss.

„Esel. So hattest du dich vorgestellt."

„Wie bitte?"

„Als du direkt vor dem Café Hartmann in mich hineingerannt bist ..."

„Wie bitte?", frage ich zum dritten Mal empört über so viel Unverfrorenheit. „Du hast mich fast umgerannt!"

Er lacht mir frech ins Gesicht und ich erinnere mich an den Typ mit der scheußlich bunten Flickenjacke. Wer sich so kleidet, will auffallen. Ein Geck ist er – nicht mehr und nicht weniger.

„Obwohl ich nicht danach gefragt habe, sagtest du sofort deinen Namen: Esel."

Soll ich ihm jetzt eine schmieren?

„Karl-Heinz Lorenz war meine Antwort. Du erinnerst dich?" Wieder lacht er. Aber es ist kein garstiges Lachen, eher ein belustigtes. „Du kannst Karl zu mir sagen."

Ich lächle, obwohl mich die Frage, ob ich mich erinnere, wieder aufwühlt.

„Eine Frage habe ich noch. Leitet sich dein Vorname vom Ungeheuer Elli oder von Elli im Wunderland ab?"

Ungeheuer? Der hält sich wohl für ungeheuer witzig. Seine auffällig bunte Flickenjacke passt zu ihm und seinem Elli-im-Wunderland-Märchen.

„Ich kenne beide nicht", antworte ich schnippisch.

„Aus dem Märchenalter bin ich raus. Im Gegensatz zu dir, Karli." Ich betone absichtlich die Verniedlichung von Karl. „Der Name Elli bedeutet übrigens die Fremde."

„Und Karl ist der Geliebte, könnte aber auch der Ehemann sein."

Ich glaube, jetzt schmier ich ihm wirklich eine. Was glaubt der, wer er ist? Abrupt drehe ich ihm den Rücken zu und setze mich neben Kira. Sie erzählt, dass es ein russischer Name ist und Herrin bedeutet. Eine Tochter des letzten russischen Zaren hieß ebenfalls Kira. Sie hat auch eine Tochter, die heißt Swetlana. Auch das ist ein russischer Name, Tonja ebenfalls.

„Ich behalte dich besser im Auge", verkündet Karl und setzt sich direkt gegenüber, so dass ich ihn ständig vor der Nase habe.

Wütend stehe ich wieder auf, gehe in die Küche und frage Tonja, ob ich helfen kann. Sie drückt mir einen Teller in die Hand, auf dem sich ein Berg Pfannkuchen stapeln.

„Das sind Blini, die Sachsen sagen Plinsen dazu, die Franzosen nennen sie Crépe, die Österreicher Palatschinken und die Holländer Waffeln." Tonja lacht und zeigt auf eine große Schüssel voller Teigtaschen. „Das sind Pelmeni. Ich habe sie mit Fleisch gefüllt."

Mir sagt das gar nichts. Immerhin sieht es lecker aus.

„Die Soßen dazu und die anderen Zutaten stehen bereits auf dem Tisch. Später gibt es Soljanka. Doch zuerst einen Wodka."

Ich mag keinen Wodka, aber ich sage nichts und hebe mit den anderen das Glas. Vorsichtig nippe ich daran.

„Nicht!", ruft einer der Männer. „Du musst auf den Trinkspruch warten. Ohne Spruch ist es Saufen, erst der Spruch macht das Trinken zum Genuss."

Tonja erhebt ihr Glas und alle tun es ihr gleich.

„Ich beginne mit einem Spruch über Freunde:

Wenn ich weine, fangt ihr meine Tränen auf.

Wenn ich traurig bin, werde ich durch euch wieder fröhlich.

Wenn ich lache, lacht ihr mit mir.

Wenn ich ein Problem habe, versucht ihr es zu lösen.

Das ist Freundschaft.

Es heißt Freundschaft, weil man mit Freunden alles schafft."

Sie schaut feierlich in die Runde, während ich etwas verlegen bin, denn ich mag solch übertrieben gefühlvollen Worte nicht.

„Ich habe kein Problem. Aber Elli. Sie ist erst seit gestern in Freiberg und sucht eine interessante Arbeit. Wir werden ihr dabei helfen."

Ich merke, dass mir das Blut in den Kopf schießt. Warum sagt Tonja das? Es muss ja nicht jeder wissen, dass ich ohne jeden Plan in diese Stadt gekommen bin.

„Auf das Beisammensein!", ruft Tonja und direkt zu mir: „Du musst das Glas komplett austrinken."

Ich kippe den Schnaps hinunter und versuche, mich nicht allzu heftig zu schütteln. Zum Glück brennt der Wodka nicht so scharf in der Kehle wie befürchtet. Er ist eher mild.

Ich erfahre, dass jeder einen Trinkspruch beisteuern muss, zuerst eine kleine Geschichte erzählen und zum Schluss die Moral dazu verkünden. Das ist wie ein Spiel. So kommt jeder zu Wort und kann erzählen, was ihm auf der Seele brennt, danach wird das Glas geleert und wieder gefüllt.

Sarah macht den Anfang.

„Ich war nur ein einziges Mal an der Nordsee." Sie schaut alle Personen der Reihe nach mit dramatischer Miene an. „Aber das mache ich nie wieder!"

„Warum nicht?", wird sie gefragt. „Es gibt nichts Schöneres als das Meer."

„Das dachte ich auch. Aber das war ein kompletter Reinfall, denn dort gab es gar kein Wasser, nur Schlamm. Das sah scheußlich aus und ich war total entsetzt. Aber mein Freund sagte, das sei Ebbe."

„Du kennst Ebbe und Flut nicht?"

„Natürlich weiß ich, was Ebbe ist. Ich weiß auch, dass das Wasser wiederkommt in vier oder sechs Stunden. Aber so lange wollte ich nicht warten."

Wir lachen, aber Sarah ist noch nicht fertig.

„Weil mein Freund sagte, ich sei doof, bin ich abgereist."

„Einfach so?"

„Und dann?"

„Dann bin ich zu meiner Schwester nach Berlin gefahren und habe zwei Wochen mit ihr und ihren Freunden gefeiert. Als ich später nach Hause kam, war mein Freund ausgezogen."

Wieder lachen alle. Ich bin wohl die Einzige, die die Geschichte tragisch nimmt.

„Und die Moral?"

„Wer mich so schnell verlässt, wollte nie wirklich bleiben."

Darauf heben alle ihr volles Glas und leeren es in einem Zug. Auch ich. Und alle greifen wir zu und lassen uns die köstlichen Blinis und Pelmenis ebenso schmecken wie die vielen anderen Zutaten auf dem Tisch.

„Deine Pelmenis sind ein Gedicht!", ruft Karl anerkennend aus.

„Du hast sie wieder selbst gemacht?", fragt Kira.

„Puh! Diese Arbeit würde ich mir niemals zumuten. Man steht stundenlang in der Küche und dann sind die Happen ruckzuck aufgegessen", sagt Sarah, tunkt eine Teigtasche in Schmand und schiebt sie sich genussvoll in den Mund.

„Selbstverständlich mache ich Pelmeni selbst und lasse sie dann in Brühe, die ich aus Knochen und Suppenfleisch auskochte, gar ziehen."

Halb bewundernd und halb verständnislos schüttle ich den Kopf.

„Wer liebevoll mit sich umgeht, isst nichts, was ihm nicht gut tut – nichts Fertiges, nichts Billiges. Er schaut auch keine Filme, die ihm nicht gut tun."

„Reden wir von Filmen? Ich habe *Halloween Kills* gesehen. Der tut echt gut", schwärmt einer der Männer.

Das klingt nach Horror und tut ganz sicher nicht gut. Tonja schüttelt halb lachend und halb missbilligend den Kopf.

„Mein Freund ist ebenfalls ausgezogen", berichtet Kira und blinzelt Richard zu.

„Seid ihr nicht mehr zusammen?", erkundigt sich Tonja besorgt. „Was wird dann aus der Kleinen?"

„Keine Sorge", antwortet Richard. „Wir wohnen nur getrennt, aber schlafen nach wie vor zusammen."

Offenbar sind Kira und Richard ein Paar und haben eine Tochter. Gespannt erwarte ich, wie diese seltsame Geschichte weitergeht.

„Ihr wisst ja, dass wir beide bei Lidl arbeiteten."

„Jetzt nicht mehr?"

Kira schüttelt den Kopf.

„Arbeit und privat sollte man trennen. Wer sich den ganzen Tag im Laden sieht, will sich daheim nicht auch noch über den Weg laufen", weiß jemand.

„Quatsch! Wir sahen uns manchmal den ganzen Tag nicht, weil Richard im Büro saß und ich an der Kasse. Aber täglich bis 21 Uhr malochen, auch samstags, das wollten wir nicht mehr."

„Und deshalb habt ihr euch getrennt?"

„Lasst mich doch erst einmal ausreden!", beklagt sich Kira. „Wir haben beide mit einem Studium als Erzieher angefangen."

„Muss man das studieren?"

Kira verdreht die Augen.

„Allerdings. Nur mussten wir dazu nach Chemnitz umziehen."

„Ihr wohnt nicht mehr hier?"

„Warum ausgerechnet Chemnitz?"

„Und warum nicht zusammen?"

„Lasst sie doch endlich reden!", rufen alle durcheinander.

„Hier gibt es keine Ausbildung für Erzieher. Seit Anfang August studieren Richard und ich den gleichen Beruf, aber an verschiedenen Schulen."

„Wieso das denn?"

Wieder verdreht Kira ihre Augen und seufzt. Dann sagt sie lachend: „Weil wir offiziell getrennt leben."

„Aber warum?"

„Weil das finanziell besser ist. Wir haben zwei Wohnungen gefunden, die dicht nebeneinander liegen. Ihr müsst euch das so vorstellen." Kira legt beide Hände an den Fingerspitzen aneinander.

„Die Häuser stehen nebeneinander, aber über Eck, so dass die Eingänge zu verschiedenen Straßen gehören. Ich habe also eine andere Adresse als Richard, kann ihm aber von Balkon zu Balkon einen Teller Nudeln reichen."

Alle lachen, nur ich verstehe wieder einmal nichts.

„Kommt ihr über die Runden, wenn ihr beide studiert und zwei Wohnungen unterhalten müsst?"

„Locker! Ich habe jetzt monatlich mehr Geld als zu Zeiten als Verkäuferin", erklärt Kira stolz.

„Wie das?"

„Weil wir beide alleinerziehend sind und neben dem Stipendium Wohngeld bekommen, die Kosten für Swetlanas Kita trägt die Stadt."

„Jackpot!", ruft einer der Männer anerkennend.

„Kommt Swetlana damit zurecht, dass ihr getrennt wohnt?"

„Nicht wirklich. Seit unserem Umzug braucht sie wieder eine Windel und zum Einschlafen ein Hutti", erklärt Richard traurig.

„Ein was?", frage ich amüsiert.

„Nuckel, Dudu, Schnuller."

Ach, jetzt verstehe ich. Das ist so ein Beruhigungssauger für Babys.

„Aber sie ist schon drei Jahre alt", kritisiert jemand aus der Runde.

„Fast vier. Mich nervt, dass sie kein Pipi anhalten kann und neuerdings auch ihr großes Geschäft in die Windel macht", beklagt sich Kira.

„Ich mag sie nicht zwingen, auf den Topf zu gehen, wenn sie nicht mag. Das Hutti beruhigt sie."

Von allein wird sie nicht auf das Nuckel und die Windel verzichten. Aber ich sage nichts dazu.

„Ach was, unsere Kleine hat sich ruckzuck daran

gewöhnt und findet es toll, eine Woche bei mir und eine beim Papa zu schlafen. Nur du zickst noch rum."

Spöttisch schaut sie Richard an.

„Ich zicke nicht, ich leide."

Kira lacht, die meisten anderen auch.

„Hört, hört! Er leidet. Was ist denn so schlimm?"

„Alles Schöne mit Swetlana erlebe ich allein. Kira hört nicht, wenn die Kleine mir etwas vorsingt oder so reizend mit ihrer Puppe spricht."

„Ach, das macht sie bei mir schließlich auch."

Kira winkt mit der Hand ab.

„Wenn Swetlana bei dir ist, vermisse ich sie. Und dich vermisse ich auch."

„So ein Quatsch! Wir sehen uns doch regelmäßig."

„Ich will dich nicht nur sehen, ich will mit dir *leben!* Jeden Tag und jede Nacht. Immer."

„Nichts ist für immer", murmelt Kira.

„Warum heiratet ihr nicht?", will Sarah wissen.

„Heiraten ist altmodisch. Heutzutage heiratet kein Mensch."

„Das ist nicht wahr! Ich würde gern heiraten. Lieber heute als morgen." Verträumt schaut Sarah in die Luft. „Es müsste ein riesiges Fest sein in einem Schloss mit dreihundert Gästen und die Frauen in Ballkleidern."

„Du spinnst!"

„Nur an diesem einen Tag kann ich mich kleiden wie eine Prinzessin."

„Und zwei Jahre später wieder scheiden lassen", ergänzt einer der Männer.

Unbeirrt schwärmt Sarah weiter: „Ich würde im Sommer heiraten in einem weißen Kleid mit roten Bändern und Schleier, ärmellos mit tiefem Ausschnitt." Sie zeigt auf ihre Brüste. „Jetzt im Herbst verpacke ich mich in Jeans, Pullover und einer dicken Jacke." Seufzend schaut sie um sich. Ihr Blick bleibt an Richard hängen, der offenbar traurigen Gedanken nachhängt. „Bist du noch sauer?"

„Was heißt sauer? Swetlana will nicht mehr in die Kita gehen. Sie schreit und klammert sich an mir fest. Gestern rief die Erzieherin an, weil sie so arg weinte, dass ich sie abholen sollte."

„Es ist eben alles neu für sie, dass sie mal bei der Mama und mal beim Papa wohnt und noch dazu ein anderer Kindergarten mit fremden Kindern."

„Ach was! Sie hat sich daran zu gewöhnen. Wir müssen schließlich arbeiten", schließt Kira das Thema ab.

„Wo ist eure Kleine jetzt?"

„Bei meiner Oma. Die wohnt nach wie vor in Freiberg und liebt Swetlana abgöttisch. Sie nennt sie Lenchen und Sonnenschein." Kira kichert. „Auch Richard ruft sie so, ich dagegen halte nichts von Koseformen. Wir haben ihr einen schönen Namen gegeben und jeder sollte sie auch so ansprechen." Richard seufzt.

Sein Gesicht verfinstert sich und er stößt gepresst

hervor: „Besonders unangenehm ist, dass wir uns gegen Masern impfen lassen mussten."

Kira verzieht ihren Mund und tut, als müsse sie weinen.

„Armer Richard", sagt sie und streichelt seine Wange. Dann ändert sie ihre Stimme und weist ihn heftig zurecht. „Mach kein Theater um den kleinen Pieks! Der tut nicht weh."

„Mir tat er nicht weh, aber unsere Kleine hat wie am Spieß geschrien, als sie geimpft wurde. Und das für nix." Empört schüttelt er den Kopf. „Kinder und Erzieher müssen sich gegen Masern impfen lassen, obwohl es diese Krankheit gar nicht mehr gibt."

„Das stimmt so nicht!", protestiert jemand.

„Das stimmt sehr wohl! Vor zwanzig Jahren wurde die Meldepflicht für Masern eingeführt, seitdem gab es in ganz Deutschland nur acht Tote."

„Jeder Tote ist einer zu viel."

„Klar. Aber es sterben jährlich mehr an Bienenstichen oder verschluckten Fischgräten oder werden vom Blitz getroffen. Soll man jetzt Bienen, Fischgerichte und Blitze verbieten?"

Wieder lachen alle außer mir. Jeder lacht anders, manche grölen laut auf, andere kichern leise und wieder andere gehässig. Doch die meisten lachen ansteckend.

„Bevor ich nach Indien flog, habe ich mir die ganze Dröhnung gegönnt: den Standard Tetanus, Diphtherie und Keuchhusten, zusätzlich Hepatitis A und B, Typhus, Tollwut und natürlich Malaria", erklärt eine der Frauen.

„Du bist ja närrisch!", protestiert Richard und fasst sich an den Kopf.

„Nein, ich bin gesund."

„Sich für eine Reise impfen zu lassen, halte ich für Schwachsinn. Wer klug ist, bleibt lieber daheim."

Immerhin tat sie es freiwillig. Doch für einen Beruf oder eine Aufnahme im Kindergarten eine Masernimpfung vorzuschreiben, halte ich nicht für rechtens. Andererseits hätten sie auch einen anderen Beruf erlernen und ihre kleine Tochter daheim betreuen können.

„Schluss mit dem blöden Impf-Thema!", bestimmt Kira. „Wichtig ist, dass ich als Erzieher nahezu den doppelten Verdienst als früher an der Kasse habe; und das bei weniger Arbeitsstunden, ohne Spätschichten und jeden Samstag frei."

„Schon jetzt die reine Sahne", ergänzt Richard. „Ich bin täglich vor 15 Uhr daheim."

Ich erfahre, dass die beiden während ihrer vierjährigen Lehrzeit mehr Stipendium erhalten als ich im Referendariat nach elf Semestern Jurastudium. Und mein Anfangshonorar als Anwalt wäre nicht so hoch wie das Gehalt einer Kindergärtnerin.

Ist Erzieher ein schwieriger Beruf? Ich weiß es nicht. Aber da ich nach einer Arbeitsstelle suche, sollte ich darüber nachdenken.

„Mein Fazit: Dumm kann der Mensch sein. Er muss sich nur zu helfen wissen", ruft Kira aus.

Alle erheben ihr Glas, stoßen an und lachen. Ich auch.

Nur Mandy lacht nicht. Sie ist blass und hat rot entzündete Augen.

„Ich bin fix und fertig", gesteht sie.

Sie arbeitet in einer Kinderarztpraxis und war die ganze Woche mit der Ärztin allein, weil die beiden anderen Arzthelfer wieder einmal krank sind.

„Das heißt, ich bediente das Telefon, nahm Patienten auf und ging der Ärztin zu Hand, wenn ein schreiendes Kind festgehalten werden musste."

Richard wirft Mandy einen bösen Blick zu und faucht: „So eine bist du also!"

„Väter sind meist zickiger als die Mütter, weshalb sie recht selten ihre Kinder zur notwendigen Impfung bringen. Um Männer muss man sich fast mehr kümmern als um die Kinder", gibt Mandy kühl zurück. „Zusätzlich musste ich sechzehn Laborproben zuordnen. Das erfordert höchste Konzentration, weil der kleinste Fehler äußerst fatal wäre."

„Ich geh jetzt eine rauchen", brummt Richard und schaut noch einmal wütend zu Mandy, die ungerührt weitererzählt.

„Hinzu kommt, dass unser Computer vermutlich gehackt wurde, er funktionierte zwar, aber nur sehr langsam. Um eine Chipkarte einzulesen, brauchte er fast zwei Minuten." Mandy seufzt. „Seit Tagen bin ich nur noch erschöpft. Arbeit, immer nur Arbeit und keine Zeit zum Leben."

„Das Leben besteht nun mal aus Arbeit", wirft jemand ein.

„Nein, das Leben ist dazu da, es zu genießen."

„Dann trinken wir auf den Genuss", sagt Mandy und hebt ihr Glas.

„Arbeit und Genuss sollten ausgewogen sein", weiß einer der Männer, dessen Namen ich mir nicht gemerkt habe. „Alles hat seine Zeit. Dieser Spruch stammt von Herder." Er hebt sein Glas und deklamiert feierlich:

„Winter und Sommer,
Herbst und Frühling,
Jugend und Alter,
Wirken und Ruhe.
Mein Fazit lautet: Jetzt ist die Zeit, das Glas zu leeren."

Ich bin die einzige, die Wein zum Essen trinkt, alle anderen haben in einem Glas Wasser und im zweiten Wodka. Tonja sagt, wenn man bei reinem Wodka bleibt, bekommt man keinen schweren Kopf. Das hätte sie mir vorher sagen sollen, dann hätte ich auf den Wein verzichtet. Um den Wodka kann ich mich leider nicht drücken. Mir ist nach diesen vielen Trinksprüchen bereits duselig zumute. Auf bayrisch: I bin ogschdocha. Ich mache es den anderen nach und greife nach jedem Trinkspruch zu Salzgurken, marinierten Tomaten, Ölheringen und Eiersalat mit viel Mayonnaise. Mir ist das alles zu fettig, zumal ich schon satt bin von den Blinis, doch Tonja besteht darauf, weil es dazu gehört und die Aufnahme des Alkohols verlangsamt. Wenn ich weniger Wodka trinken würde, bräuchte ich kein fettiges Essen. Doch irgendwie macht mir die russische Art zu feiern Spaß, weil jeder eine kleine Geschichte zum Besten gibt, ihm alle zuhören und Ratschläge erteilt. Ich mag Tonjas Freunde.

Als die Gläser wieder gefüllt sind, meldet sich Karl zu Wort.

„Die Schönheit einer Frau ist nicht in den Kleidern, die sie trägt und nicht in der Figur, die sie hat, zu finden. Die Schönheit einer Frau erkennt man in ihren Augen, denn die Augen führen direkt zu ihrem Herzen."

Karl hat mich die ganze Zeit dabei angesehen, was mich verlegen macht. Ich weiche seinem Blick aus und konzentriere mich auf seine Hände, denn Hände sagen sehr viel über die Person aus. Karl hat schöne gepflegte Hände, lebendige Hände, die mitsprechen, wenn er spricht. Er unterstreicht mit ihnen Worte und schneidet Sätze ab, immer sehr bestimmt.

„Und dein Fazit?"

„Es ist schön, hier zu sein, noch schöner ist es, mit

euch zu trinken. Auf die Schönheit!", er beugt sich weit über den Tisch und flüstert mir zu: „Besonders auf die schöne Fremde."

Wieder schaut er mich eindringlich an, als er das Glas hebt. Er hat schöne, grünbraune Augen.

Kira stößt mich an und sagt: „Träum nicht!"

Fast hätte ich vor Schreck meinen Wodka verschüttet, weil ich so in Karls Augen versunken bin.

„Wissen ist Macht! Nichts wissen macht nichts", ist der Trinkspruch eines anderen Mannes.

„Jetzt bist du dran!", ermuntert mich Tonja.

Aber ich kann gerade nicht reden, weil mir die Gedanken zu diesem Spruch die Kehle zuschnüren.

Jetzt nur nicht heulen!

„Es macht sehr wohl etwas, wenn man nichts weiß. Aber die, die alles wissen, haben die Macht über die, die nichts mehr wissen", platzt es heftig aus mir heraus.

Alle schauen mich betreten an, auch Tonja. Sie springt auf, kommt zu mir und umarmt mich.

„Ich kann es erklären, wenn Elli nicht darüber sprechen möchte. Auch gern später einmal."

Was mache ich jetzt? Soll ich wirklich erzählen, dass ich ausgelöscht bin? Oder überlasse ich das Tonja? Ich werde keinen ihrer Freunde jemals wiedersehen. Deshalb ist es gleichgültig, wenn ich überhaupt nichts sage und als Zicke gelte. Doch wenn ich in Freiberg bleibe, sind Tonjas Freunde vielleicht auch bald meine Freunde. Dann hätten sie ein Recht auf meine Geschichte.

Ich schaue jeden Einzelnen an und sehe in den Augen nur ehrliches Interesse, keine Sensationslust, keine Gier, nicht einmal Ungeduld.

„Also gut."

Ich warte, bis wieder alle Gläser gefüllt sind und beginne zu erzählen.

„Vor einigen Wochen wurde ich im Krankenhaus wach." In den Gesichtern erkenne ich Entsetzen, Mitgefühl und Betroffenheit. „Auch wenn es seltsam oder gar unglaubwürdig klingt: Ich kann mich an nichts, an gar nichts erinnern, was vor diesem Wachwerden passiert ist."

„Hattest du einen Unfall?"

„Ich bin nur gestolpert und ungünstig auf den Kopf gefallen. Seitdem erkenne ich meine Familie nicht mehr und auch nicht meine Freunde und Kollegen."

Ich sehe, wie sich Kira vor Schreck mit der Hand den Mund zuhält und Karls Augen feucht werden.

„Meine Mutter wollte mir helfen, indem sie mir täglich Fotos von Verwandten und gemeinsamen Erlebnissen zeigte. Ich habe mich wirklich bemüht, aber irgendwann ertrug ich es nicht mehr, dass alle von mir erwarten, ich würde mich endlich erinnern, sie erkennen und wieder ganz die alte Elvira sein. Aber das passierte nicht. Auch eine Kur und Psychotherapien halfen nicht. Meine Familie ist mir fremd, meine Arbeit mag ich nicht mehr, auch nicht meine Freunde. Ich muss eine ganz neue Elli werden, mich quasi neu erfinden."

Alle am Tisch schauen mich bestürzt an, keinem fällt eine Frage ein. Ich spüre Fassungslosigkeit.

„Deshalb glaube ich, dass es für mich besser ist, in einer fremden Stadt unter fremden Menschen eine mir fremde Arbeit zu suchen und schließlich in der Fremde heimisch werden."

„Elli heißt *Die Fremde",* murmelt Karl und schaut mich innig an.

„Uns bist du nicht fremd!", ruft Kira. „Ich werde dir helfen, dich in Freiberg heimisch zu fühlen."

Das rührt mich, zumal Kira gar nicht mehr in Freiberg, sondern inzwischen in Chemnitz lebt.

„Meine Oma hat eine Wohnung am Untermarkt und vermietet Zimmer an Studenten. Ich frage sie."

Auch alle anderen wollen ihren Teil dazu beitragen, dass ich mich recht schnell in meiner neuen Wahlheimat wohl fühle.

„Du hast gesagt, deine Arbeit magst du nicht mehr. Was hast du eigentlich gelernt?"

„Anwalt. Ich bin Anwalt, habe aber mein Referendariat abgebrochen, weil ich kein Anwalt mehr sein möchte."

„Ich mag auch keinen Anwalt", sagt einer der Männer. Als ihn die anderen mahnend anschauen, ergänzt er schnell: „Aber dich mag ich, Elli."

„Ich bin Fensterbauer und könnte einen kräftigen Lehrling gebrauchen, der gut zupacken kann."
„Dabei denkst du aber nicht an Elli, oder?"
Alle lachen und die bedrückte Stimmung ist vorbei.

„Ich wusste gar nicht, dass es den Beruf Fensterbauer gibt", sage ich später zu Karl.
Ich hätte ihn wegen seiner sehr gepflegten Hände mit sauberen Nägeln nicht für einen Handwerker gehalten, eher für einen Künstler. Schließlich trägt er eine bunte Flickenjacke und jetzt ein Hemd aus roten, schwarzen, gelben und grauen Karos. Nein, Künstler bevorzugen schwarze Rollkragenpullover und riesige Schals.
„Gelernt habe ich Tischler."
„Tischler? Da hast du statt Fenster Tische gebaut?"
Karl lacht.
„Tischler bauen tatsächlich manchmal Tische, aber nicht alle. Es gibt Bautischler und Möbeltischler."
Kurz denke ich nach, dann verstehe ich.
„Bei uns heißt der Beruf Schreiner."
„Ich habe in einer Fensterbaufirma gelernt, doch da die Leute irgendwann häufiger Kunststoff- oder Alurahmen statt welche aus Holz bestellten, wurde ich entlassen."
„Das tut mir leid."
„Ich hätte eine gute Arbeitsstelle bei einem Handwerker oben im Gebirge annehmen können, wo die Leute noch traditionell denken und Holzrahmen be-

155

vorzugen. Sie wohnen oft in recht alten Häusern und brauchen für ihre Fenster spezielle Anfertigungen. Das hätte mir Freude gemacht, aber ..."

„Aber?"

„Meine damalige Freundin wollte nicht nach Annaberg ziehen. Außerdem war sie schwanger."

„Und jetzt?"

„Ich bin hier geblieben und habe mich selbständig gemacht."

Er spricht vom Beruf. Doch was ist aus seiner Freundin und dem Kind geworden?

„Du bist also verheiratet", stelle ich fest. „Wie alt ist dein Kind?"

„Es ist nicht mein Kind."

Wieso? Weil seine schwangere Freundin nicht ins Gebirge umziehen wollte? Aber er ist geblieben.

„Dass das Kind nicht von mir war, hat mir die Trennung von meiner Freundin leichter gemacht. Ich war eher wütend als traurig."

„Es war nicht dein Kind? Aber es war deine Freundin?"

Karl nickt.

„Sie war nicht nur einmal fremdgegangen, sondern hatte seit Monaten ein Verhältnis mit einem anderen Mann."

Das tut mir aufrichtig leid.

„Warum bist du nicht allein ins Gebirge gegangen?"

Karl lacht und sagt, dass ein kluger Mensch mit

jeder Situation zurechtkommen sollte.

„Ich baue keine Fenster mehr, sondern warte und repariere sie, prüfe Dichtungen und tausche sie aus, stelle Beschläge nach und bringe neues Silikon auf. Bei Zweifach- oder gar Dreifachverglasung bildet sich oft Schimmel auf dem Silikon, weil es keinen natürlichen Luftaustausch mehr gibt. Ich habe ausreichend zu tun."

Eigentlich wollte ich keinen Vortrag über Fensterreparaturen. Offenbar ist er mit sich und seiner Arbeit völlig zufrieden, worum ich ihn beneide. Aber mich interessiert sein Handwerk nicht. Er merkt nicht, dass er mir damit auf die Nerven geht.

„Du bist also sehr erfolgreich", fasse ich trotzdem zusammen.

„Erfolg ist, wenn man etwas erreicht hat, was man sich wünscht. Doch wenn das, was man dafür tun muss, unangenehm oder gar riskant ist, verzichte ich lieber freiwillig auf den Erfolg."

Und ich verzichte freiwillig auf seine unangenehmen Belehrungen. Hätte ich bloß kein Gespräch mit diesem Besserwisser angefangen.

„Ich verdiene gut, weil ich nur für mich selbst verantwortlich bin. Selbstbestimmung ist für mich das Wichtigste im Leben überhaupt. Meine Bemerkung, dass ich einen kräftigen Lehrling brauche, war nur ein Witz. Für einen Angestellten müsste ich sorgen, mich und meine Wünsche komplett zurückstellen. Außerdem würden mich die irrsinnig hohen Lohnnebenkosten auffressen." Karl lacht, was auf mich irgendwie spöttisch wirkt. „Natürlich soll mich meine Frau unterstützen, also am gleichen Strang ziehen, als Partner."

Er ist also doch verheiratet. Das sollte mich freuen und ich verstehe nicht, weshalb es das nicht tut. Vielleicht, weil er nach der Trennung von seiner Freundin so schnell Ersatz fand.

Karl schaut mich intensiv an. Seine Augen glänzen. Ich mag seinen innigen Blick nicht. Mit solch einem Blick schaut man keine fremde Frau an, wenn man verheiratet ist. Er ist und bleibt ein überheblicher Schnösel, keinen Deut besser als meine früheren Freunde in München.

Die kann ich mir allerdings nicht auf dem Bau vorstellen. Sie tragen Designer-Klamotten und passen nicht in eine Kleinstadt wie Freiberg, eher nach Berlin, New York, Tokio oder Dubai. Früher habe ich mich offenbar zwischen diesen Freunden wohl gefühlt.

Heute nicht mehr. Heute mag ich Tonjas Freunde. Sie sind Studenten, Programmierer, Krankenpfleger, Koch, Arzthelfer, Journalist und Fensterbauer. Sogar ein Bestatter ist dabei.

Stellenangebot

„In der Stadtverwaltung suchen sie einen Archivar. Wäre das was für dich?"

Tonja schaut mich prüfend an.

„Ist das nicht schrecklich langweilig, alte verstaubte Schriften zu katalogisieren?"

„Möglich. Aber vielleicht darfst du Ausstellungen organisieren oder Führungen für Touristen, die 150 Meter unter der Stadt spazieren gehen wollen."

„Unter der Stadt? Jetzt flunkerst du aber!"

„Ganz sicher nicht. Freiberg hat eine alte Bergbaugeschichte, für die sich viele Leute interessieren. Man kann tatsächlich ins Silberbergwerk einfahren. Du findest im Internet viele Informationen."

Den Bergbau habe ich bei meiner Recherche nicht beachtet, weil er mich nicht interessiert.

„Ich kenne den Personaler. Wenn du willst, organisiere ich einen Termin für dich."

Zwar habe ich wenig Lust, in einem Amt zu sitzen, was sicher nicht spannender ist als in der Anwaltskanzlei, aber ich brauche dringend eine Arbeit. Deshalb stimme ich zu.

„Grüß Gott, mein Name ist Elvira Huber."

„Glück auf!"

„Wie bitte?"

„So grüßt man im Erzgebirge."

Das war mir nicht aufgefallen. Eher, dass man hier nicht grüß Gott sagt, sondern guten Tag oder ein genuscheltes *Morsch´n*.

„Glück auf ist ein alter Bergmannsgruß, dessen Tradition leider so langsam verschwindet, besonders hier in der Stadt. Oben im Gebirge ist dieser Gruß nach wie vor lebendig."

Der Mann reicht mir die Hand und weist auf einen Stuhl. Dann blättert er kurz in meiner Bewerbungsmappe und runzelt die Stirn.

„Sie bewerben sich als Mitarbeiter für unser Archiv, haben aber kein Studium an der Hochschule für Archivwesen absolviert."

Braucht man ein Studium, um alte Akten zu sortieren?

„Ich habe Rechtswissenschaften studiert", sage ich nicht ohne Stolz.

Immerhin an der Uni München, wo der Numerus clausus besonders streng ist.

Noch einmal runzelt der Mann seine Stirn und liest meinen Abschluss laut vor, wobei er sich weit über die Papiere beugt.

„Warum haben Sie Ihr zweites Staatsexamen nicht abgelegt?"

„Ich möchte mich verändern."

Der Mann hebt leicht den Kopf und schaut mich über seinen Brillenrand an. Sein Blick wirkt skeptisch und leicht unzufrieden. Worauf will er hinaus?

Worauf legt er Wert? Passt mein Wunsch nach Veränderung nicht in ein Archiv?

„Sie glauben also, mein Studium reicht für die ausgeschriebene Stelle nicht aus", fasse ich zusammen und schaue ihn herausfordernd an.

„Das wollte ich damit nicht sagen, zumal wir Sie verwaltungsintern weiterbilden und einweisen."

Ich habe keine Lust, noch einmal die Schulbank zu drücken und überlege, ob ich einfach aufstehe, meine Mappe greife und gehe. Leider hält der Mann meine Unterlagen noch immer fest in seinen Händen.

„Das Stadtarchiv Freiberg gehört zu den bedeutendsten sächsischen Stadtarchiven und geht bis auf das Jahr 1224 zurück", erklärt der Mitarbeiter der Personalabteilung.

Ich nicke und zeige mich beeindruckt, obwohl mich Geschichte überhaupt nicht interessiert. Außerdem kann er sich sein Referat sparen, wenn ihm meine Ausbildung zu gering erscheint.

„Es verfügt über mehr als zweitausend Regalmeter Archivgut und außerdem über dreitausend Urkunden, 21.000 Karten und Pläne sowie 15.000 Druckwerke. Wir verwahren Unterlagen, die aus der Arbeit der Stadtverwaltung entstanden sind: Akten, Urkunden, Protokolle. Außerdem sammeln wir Karten, Fotos und Filme zur Stadtgeschichte, wozu auch Firmen-, Vereins- und private Dokumente gehören."

Das klingt überhaupt nicht spannend, eher nach altem Papier, viel Staub und einsamen Stunden in feuchten Kellergewölben, was mir ganz und gar nicht zusagt. Trotzdem erkundige ich mich nach meiner genauen Aufgabe.

„Sie entscheiden, welche Dokumente aufbewahrt werden und welche wertlos sind. Sie konservieren, katalogisieren und lagern die Dokumente, betreuen Besucher und bearbeiten schriftliche Anfragen."

„Meine Arbeit beschränkt sich also auf das Archiv", frage ich enttäuscht.

„Hauptsächlich. Allerdings erwarten wir, dass Sie Führungen und Vorträge im Haus organisieren."

Er sagte *organisieren* und nicht, dass ich Vorträge *halten* und Führungen *leiten* soll. Das bedeutet reine Schreibtischarbeit mit alten Akten. Arbeit mit Akten bin ich von der Kanzlei her gewöhnt, doch es waren keine alten Unterlagen, die irgendwo abgelegt wurden, sondern betrafen aktuelle Probleme der Mandanten. Ein Anwalt hat mit Menschen zu tun, ein Archivar eher nicht. Sein Vorteil ist, dass es nicht wie bei Anwälten um Rechthaberei und Streit geht.

Im gleichen Moment begreife ich, warum ich kein Anwalt mehr sein möchte: Ich mag keinen Streit.

„Ihr Staatsexamen der Rechtswissenschaften qualifiziert Sie für den höheren Beamtendienst."

Ich nicke und hoffe, dass es nun um die Bezahlung geht.

„Wie alt sind Sie?"

„Sechsundzwanzig."

Ich erfahre, dass die Besoldung nach meinem Alter berechnet wird und sich aller zwei Jahre automatisch erhöht. Sie ist höher als mein möglicher Verdienst als Anwalt und sichert meinen Arbeitsplatz ein Leben lang. Ich muss keine Sozialabgaben leisten, also weder Renten- noch Arbeitslosen-, Pflege- oder gesetzliche Krankenversicherungsbeiträge. Das erhöht den Verdienst noch einmal, was mir natürlich gefällt. Leider erscheinen mir die Aufgaben weniger reizvoll. Ich fühle mich viel zu jung, um mich zwischen alten Urkunden und Karten zu vergraben. Das erfüllt mich nicht.

Der Beamte spricht von der Pensionierung, die kaum niedriger ist als die bis dahin angestiegene Besoldung. Er zückt seinen Stift und fragt nach meiner genauen Adresse. Soll ich gestehen, dass ich die Arbeit dringend brauche, um mir eine Wohnung leisten zu können? Doch ich bin nicht aus meiner Heimatstadt München weggegangen, um das erstbeste Angebot anzunehmen. Ich will zu mir selbst finden, die neue Elli kennenlernen, ihre Vorlieben und Abneigungen.

„Ich wohne im Hotel, so lange ich mich noch nicht für eine Arbeitsstelle entschieden habe", sage ich und hebe selbstbewusst lächelnd meinen Kopf ein Stück höher.

„Bewerben Sie sich bei der SWG ..."

„Wie bitte?"

„**S**tädtische **W**ohnungsgesellschaft, die über eine große Anzahl bezugsfertiger Wohnungen in jeder Größe und für jeden Geschmack verfügt. Sie können Ihre Daten und Wünsche online übermitteln."

Ich bedanke mich für den Tipp und verabschiede mich.

„Sie haben gute Chancen, die begehrte Stelle zu bekommen. Ich gebe Ihnen in den nächsten Tagen Bescheid."

Noch einmal bedanke ich mich, obwohl ich mir nicht vorstellen kann, dass mir dieser Job gefällt, wage aber nicht, sofort klar abzulehnen.

*****

„Na, wie lief das Gespräch im Rathaus?", erkundigt sich Tonja.

„Nicht so gut. Der Mann machte mir klar, dass mir eine spezielle Ausbildung fehlt, um seinen alten Kram archivieren zu können."

„Ach was! Du als Fremde hast auf jeden Fall mehr Chancen auf den Posten als eine Einheimische."

„Das wäre unlogisch, weil ich mich hier nicht auskenne und keinen Bezug zum Bergbau habe."

„Stimmt. Doch hier in Freiberg gilt, dass der Prophet im eigenen Land nichts wert ist."

Verständnislos schüttle ich den Kopf.

„Dafür gibt es unzählige Beispiele. Hier in der Stadt

lebt ein Zither-Duo, das erzgebirgische Volksmusik spielt, aber auch Klassik, moderne Musik und viele weitere Musikstilrichtungen. Sie haben viele Fans, doch sie bekommen nicht einmal zur Adventszeit Termine für einen Auftritt. Sie treten in Zürich, Berlin, München und sonstwo auf, aber in ihrer Heimatstadt öffnet sich keine Tür für sie. Sie wollten sogar schon ohne Honorar auftreten, aber das Amt für Kultur hat offensichtlich kein Interesse an heimischen Künstlern."

Ich schüttle ungläubig den Kopf.

„Außerdem kenne ich eine Autorin, die hier lebte. Sie veröffentlichte viel über ihre Wahlheimat Freiberg und schrieb sogar einen historischen Roman über die Stadt. Dieser Roman wurde ein Bestseller und brachte vier Fortsetzungen, doch sie bemühte sich vergebens um eine Lesung. Deshalb verließ sie Freiberg und zog enttäuscht fort."

Das verstehe ich ebenso wenig wie die Geschichte mit dem Zither-Duo. Warum wendet sich das Kulturamt von Leuten ab, die so viel für die Kultur der Stadt tun könnten?

„Hast du nicht gesagt, dass du keine historischen Romane magst? Vielleicht mag auch der Beamte so etwas nicht."

„Möglich. Doch in diesem Fall geht es um Freiberg, um unsere Stadt. Da muss er seine private Meinung seiner Tätigkeit unterordnen."

Ich nicke.

„Das dritte Beispiel bin ich selbst."

„Du?"

„Ja, auch ich schreibe. Meine Biografie und die beiden Romane spielen in Freiberg, ich lebe und arbeite hier, doch als ich eine Lesung anbot, wurde diese abgelehnt."

„Aber warum?"

„Das weiß ich nicht. In der Buchhandlung sagte die Chefin, sie bekäme täglich Anfragen von schreibenden Studenten und sei nicht interessiert."

Ich lese nicht, aber eine Buchhändlerin sollte meiner Meinung nach großes Interesse an einheimischen Autoren haben. Tonja lebt seit ihrer Kindheit hier und zählt auf jeden Fall zu den Einheimischen.

„Du bist Russin, nicht wahr?"

Tonja schüttelt ihren Kopf.

„Eigentlich nicht. Ich bin eine Russland-Deutsche. Aber das betone ich nie, weil ich dann entweder dumm angeschaut werde oder viel erklären muss."

Tonja zuckt mit der Schulter und lacht. „Alle meine Vorfahren sind Deutsche. Meine Großeltern und viele Leute im Dorf sprachen deutsch daheim, meine Eltern nicht mehr. Kurz, bevor ich in die Schule kam, zogen wir nach Omsk und ich wuchs komplett russisch auf. Übrigens ..." Tonja macht eine Pause. „In Sibirien gibt es noch heute mehr Deutsche als Russen."

„Das glaube ich nicht."

„Und doch stimmt es, obwohl viele kaum noch die

deutsche Sprache beherrschen. Als ich mit meinen Eltern und Geschwistern nach Deutschland kam, verstand ich nur Russisch und ein wenig Englisch. Deutsch wurde in unserer Schule nicht angeboten."

„Es ist schlimm, wenn man sich nicht verständigen kann, nicht wahr?"

Tonja nickt.

„Sicher hattest du schreckliches Heimweh."

„Aber nein! Kennst du den Heimatvers von Hoffmann von Fallersleben?"

Ich erinnere mich an keine Gedichte und glaube auch nicht, dass ich jemals welche kannte.

„Kein Sehnen zieht mich in die Ferne,
kein Hoffen lohnet mich mit Schmerz;
Da, wo ich bin, da bin ich gerne,
denn meine Heimat ist mein Herz."

Das mag hübsch klingen, doch scheint es mir unmöglich, sich überall, wo man ist, wohl zu fühlen. Wer jung ist, will hinaus in die Welt, andere Länder kennenlernen. Aber fühlt er sich auch wohl oder gar heimisch? Zufrieden ist man erst im Alter.

„Auf jeden Fall lebt es sich in Deutschland viel besser als in Sibirien", fasse ich zusammen.

„Anfangs nicht. Da hatten wir ziemliche Probleme, weil meine Mutter keine Zulassung als Ärztin bekam und das Abitur meiner Geschwister nicht anerkannt wurde. Sie wurden nicht einmal zu einer Aufnahmeprüfung zugelassen. Mich nahm man zwar im Gymnasium auf, doch unter Vorbehalt, weil ich kein Deutsch verstand. Ich habe wie verrückt gelernt, um zum Schuljahresende die Prüfung zu bestehen und bleiben zu dürfen."

Tonja kichert.

„Wir haben geschummelt, damit ich aufs Gymnasium gehen konnte. In Russland überspringt man die vierte Klasse, die gibt es gar nicht. Das heißt, ich hatte nur drei Schuljahre besucht. Meine Eltern haben bei der Aufnahme einfach behauptet, ich wäre vier Jahre zur Grundschule gegangen."

Wissen das die deutschen Behörden nicht?

Tonja zuckt belustigt mit der Schulter.

„Ich hatte nur mit der deutschen Sprache Probleme, aber nicht lange."

Nach nur drei Jahren Schule und ohne deutsche Sprachkenntnisse vermochte Tonja dem Schulstoff im Gymnasium zu folgen? Das kann ich mir nicht vorstellen.

„Bei uns bleiben die Schüler von der ersten bis zur elften Klasse zusammen, der Unterrichtsstoff ist für alle fest vorgegeben und man kann nicht wie hier Fächer wählen oder weglassen."

Glaubt sie etwa, dass das russische Schulsystem besser ist, obwohl die Schlauen und die Dummen elf Jahre lang zusammen in einer Klasse sind? Ich glaube eher, dass das ein Einheits"niveau" ergibt, weshalb das russische Abitur zu Recht nicht anerkannt wird.

„Wir haben uns als Teil einer Schulklasse gesehen und nicht als losgelöste Einzelpersonen, die jede ganz für sich ist wie es hier gelehrt wird."

Ich möchte nicht als Teil von einer Gruppe gesehen werden, sondern immer als Individuum.

„Mich wundert, dass du völlig akzentfrei deutsch sprichst."

„Ich wollte unbedingt verstanden werden, weshalb ich die Aussprache meiner Mitschüler nachahmte."

Tonja lacht. „Mich irritierte, dass *nee* und *nein* das gleiche bedeuten, ebenso *weesde* und *weißt du* oder *schweesni* für *ich weiß nicht.*"

Ich begreife zuerst nicht, was sie meint. Dann wird mir klar, dass sie den Dialekt meint, den Unterschied zwischen Sächsisch und Hochdeutsch. Nee kann ich mir leicht merken, aber schweesni für Ich weiß nicht? Wir Bayern sagen *i woas ned,* was Tonja wohl ebenfalls nicht versteht.

„Gespräche sind eben der beste Weg der Bildung", fasst sie zusammen. „Ich habe mich ausgiebig mit der Sprache befasst und bin ganz begeistert davon, dass man im Deutschen selbst Worte bauen kann, indem man sie aus zwei oder gar drei verschiedenen Wörtern zusammensetzt. Zum Beispiel wird aus Blumen und Topf Blumentopf, aus Rind und Gulasch Rindergulasch, aus Buch und Seite Buchseite, Trauer-Redner-Anzug oder Auto-Bus-Fahr-Karte. Ich suche heute noch mit Vergnügen nach neuen Wortschöpfungen."

„Hast du deshalb angefangen zu schreiben?"

„Ich sollte in der Schule einen Vortrag über meine russische Heimat halten. Ich wollte es richtig gut machen und habe stundenlang über den passenden Formulierungen gebrütet, nach dem einzig passenden Wort gesucht. Den Kindern gefielen meine Geschichte und sie stellten viele Fragen, die ich mir notierte und die Antworten in meine Geschichte einbaute. Daraus wurde später mein erstes Buch."

Aus einem Schulaufsatz einen Roman zu machen, eine ganze Biografie zu schreiben ist sicher nicht so einfach.

„Das könnte ich nie!", rufe ich bewundernd aus.

„Sich etwas auszudenken ist kinderleicht, schon kleine Kinder fantasieren sich Geschichten über Monster und Zauberer zusammen. Doch eine Alltagsgeschichte so zu schreiben, dass sie spannend bleibt, ist erheblich schwieriger."

Tonja erklärt mir, dass die Russen viel lesen, sogar beim Spaziergang und natürlich in Bus und Bahn. Laut Statistik lesen sechzig Prozent der Russen Bücher, neun Prozent der Deutschen lesen gar nicht. Dazu gehöre auch ich. Das muss ich auch nicht, denn schließlich gibt es das Internet und WhatsApp. Vermutlich sind die Russen technisch noch nicht so weit wie wir. Aber Tonja tut so, als wäre das Lesen etwas besonders Wichtiges, Nützliches, Gutes. Ihrer Meinung nach ist Lesen für den

Geist das, was Gymnastik für den Körper ist.

„Lies, um zu leben!"

Meint sie mich damit? Ich kann gut leben, ohne zu lesen. Mir reichen die fachlichen Recherchen völlig aus. Meine Sach- und Gesetzbücher stehen in der Kanzlei, daheim mag ich sie nicht haben.

„Zwölf Prozent der deutschen Erwachsenen können überhaupt nicht lesen."

Das glaube ich nicht. In dieser Statistik wurden sicher die vielen Ausländer mitgezählt. Hierzulande geht man in die Schule. Außerdem geht mir das Thema so langsam auf die Nerven. Nur, weil Tonja Bücher liest und sogar Romane schreibt, muss es ihr nicht jeder Mensch gleichtun. Ich schon gar nicht.

Wie sind wir überhaupt auf dieses Thema gekommen? Ich wollte Tonja von meinem Vorstellungstermin im Stadtamt erzählen. Dort gibt es leider nur alte Akten zu sortieren. Das könnte Tonja gefallen, mir aber nicht.

„Diese Arbeit im Archiv gefällt mir nicht. Sie ähnelt der in der Anwaltskanzlei."

„Wie kommst du darauf?"

„Man sitzt an seinem Schreibtisch und wartet auf einen Auftrag, erledigt die Aufgabe und legt anschließend die Akten ab. Allerdings hat man als Anwalt mit Menschen zu tun, im Archiv nur mit staubigen Papieren."

Tonja lacht schallend.

Sie kann leicht lachen, denn sie hat eine Arbeit und eine Wohnung. Ich habe keine Wohnung, weil ich keine Arbeit habe. Mein Vater würde mir die Miete bezahlen, doch vorher müsste ich ihm einen hieb- und stichfesten Plan präsentieren und zwar in Form eines Arbeitsvertrages. Die Beamtenstelle würde ihm gefallen, mir aber nicht. Natürlich locken mich die hohen Bezüge und die Aussicht auf die lukrative Pension. Doch an Rente denke ich noch lange nicht, schließlich bin ich erst sechsundzwan- zig Jahre alt und mein Leben fängt jetzt erst an.

Leider weiß ich noch immer nicht, womit mein Leben anfängt, welche Arbeit mir Freude machen würde. Es ist zum Verzweifeln!

*****

„Hat Karl dir nicht einen Job angeboten?"

Ist Tonja jetzt ganz verrückt geworden?

„Das war nur ein blöder Witz. Außerdem sagte er, dass ihn seine Frau im Büro unterstützen soll. Was macht sie denn jetzt?"

„Seine Frau? Er hat gar keine."

Ich verdrehe die Augen. Vielleicht ist er nicht ver- heiratet, noch nicht. Aber eine Freundin wird er haben, wenn er von seiner Frau spricht, die seine Rechnungen prüfen soll. Außerdem muss ich das gar nicht wissen, weil es mich nichts angeht und auch nicht interessiert. Und Karl interessiert mich schon gar nicht. Ich mag weder ihn noch seine Fenster. Den lieben langen Tag Kit oder wie das heißt in Fugen zu schmieren kann nicht die Erfüllung sein. Dazu hätte ich nicht studieren müssen.

Schon wieder spukt dieser unangenehme Handwerker durch meinen Kopf, was mir überhaupt nicht passt. Warum musste Tonja diesen arroganten Typ erwähnen, der so gut wie verheiratet ist?

Schon am nächsten Tag treffe ich Tonja, weil ich nicht stundenlang im Hotel sitzen oder durch die Stadt laufen mag. Es gibt viel zu sehen, doch zum Bummeln habe ich keine Ruhe. Ich brauche eine Arbeit. Aber was will und was kann ich machen?

„Zu jeder Tätigkeit gehört ein bestimmter Charakter", erklärt Tonja.

Darüber muss ich lachen, obwohl meine Situation wirklich sehr ernst ist.

„Lach nicht! Ein Archivar kann kein Altenpfleger sein."

Stimmt. Wer gern im stillen Kämmerchen staubige Akten sortiert, könnte nicht so zupacken wie ein Altenpfleger.

„Beide Berufe fangen mit A an. Wir denken uns zu jedem Buchstaben eine Tätigkeit aus. Das wird lustig und wir finden dabei etwas für dich."

Typisch Autor, die mit Buchstaben und Worten spielen. Doch mir gefällt die Idee und ich spiele mit.

„A wie Architekt und B wie Bau."

„Bergbau wie hier in Freiberg und Buchhalter."

Ich rümpfe die Nase.

„C wie Chemie, Dolmetscher, Design wäre doch was."

„Ich glaube nicht, dass ich künstlerisch begabt bin. Außerdem möchte ich nicht noch einmal studieren."

„Dann fällt auch Elektrotechnik weg und Erzieher sowieso."

Ich denke an Kira und Richard, die schon während der Ausbildung keine finanziellen Sorgen haben und später als Erzieher gut verdienen. Aber dann könnte ich nicht hier in Freiberg bleiben.

„F wie Fahrzeuge, Finanzen, Friseur und Film! Film ist doch toll!"

Ich lache, schüttle den Kopf und denke an F wie Fenster, sage es aber nicht laut.

„Geowissenschaften, wieder passend zu Freiberg, aber nichts für dich. Gärtner, Gastronomie, Goldschmied!"

Und Glaser, Fensterglaser.

„Hotel! Da gibt es viele Möglichkeiten."

Hotel wäre nicht schlecht, aber ich denke an Holz, an Fensterrahmen aus Holz.

„Journalist, Jura, Kunst und Kultur oder Kaufmann, Landwirtschaft, Lehrer, Maschinenbau, Medien."

Nach jedem Wort macht Tonja eine Pause und

beobachtet meine Reaktion. Ich hebe jedes Mal abwehrend die Hände.

„M wie Mutter, da kannst du daheim bleiben und musst keinen Beruf suchen."

Doch dazu brauche ich erst einmal ein Kind und davor einen Mann. Wieder fällt mir Karl ein und ich sage: „Lieber N wie Nonne."

Tonja kichert und schlägt Nachtwächter oder Notar vor. Optiker, Polizist und Rechtsanwalt.

„Schluss jetzt!"

Tierpfleger, Tischler! Oder Z wie Zimmermann. Es war kein Beruf dabei, der mich wirklich interessiert. Was soll ich nur machen? Wofür soll ich mich entscheiden? Ich habe Angst, mich falsch zu entscheiden. Manchmal ist diese Angst so groß, dass sie mich zu erdrücken, zu ersticken droht.

Wohnungssuche

Obwohl ich noch keine Arbeit habe, vereinbare ich einen Termin bei der Wohnungsgesellschaft. Die großen Mietshäuser wurden aus Betonfertigteilen gebaut und ähneln sich wie ein Ei dem anderen. Da nützt auch die Farbe nichts. Sie liegen außerhalb der Stadt, aufgereiht in Reih und Glied wie Soldaten, dazwischen in gleichem Abstand Rasen. Weit und breit ist kein Geschäft zu sehen.

„Wo kann man hier einkaufen."

„Im Unicent." Die Frau zeigt in eine Richtung, aber ich sehe nur diese immer gleichen Plattenbauten. „Dort gibt es auch Blumen, einen Bäcker und eine Sparkasse."

Nach einer Pause ergänzt sie, dass der Supermarkt momentan abgerissen wird. Es käme dafür bald ein neuer hin.

Aber wann? Ich habe zwar keine Lust mehr, mir hier in dieser Einöde eine Wohnung anzusehen. Aber nun bin ich hier und betrachte die große Stube mit Balkon, winzige Küche, Bad mit Wanne, aber ohne Fenster. Von der Nachbarwohnung tönt Musik herüber. Einziger Lichtblick ist der günstige Mietpreis von 400 Euro. Aber hier könnte ich mich nicht wohlfühlen, die ganze Umgebung wirkt unpersönlich und steril. Leider hat der Vermieter nur noch Angebote auf dem Seilerberg, wo die Häuser ähnlich aussehen und noch weiter vom Stadtzentrum entfernt sind.

Auch die zweite Wohnungs-Genossenschaft bietet nur Wohnungen außerhalb der Stadt in ähnlichen Betonbauten an. Das gefällt mir nicht. Mir schwebt ein Altbau in der Innenstadt vor. Dort gibt es kleine Gassen, wo die hübschen alten Häuser dicht gedrängt aneinander stehen und ein jedes anders aussieht. Das Suchen im Internet wäre leicht, wenn ich zustimme, dass die Anbieter meine Daten abgreifen. Ich möchte aber selbst bestimmen, wem ich meine Daten übermittle und nicht automatisch jedem, auf dessen Seite ich mich zufällig umsehe.

Kiras Oma wohnt in der Nähe vom Untermarkt und würde mir ein Zimmer mit Küchen- und Badnutzung vermieten. Aber ich suche nichts für den Übergang, sondern für meinen Start ins neue Leben. Trotzdem schaue ich mir die Wohnung an. Sie liegt in einem niedrigen Haus, das nur zwei Etagen und ein hohes Dach hat. In dem Zimmer wohnte bisher ein Student, denn bis zur Uni sind es fußläufig nur zehn Minuten und in unmittelbarer Nähe befinden sich etwa zwanzig Kneipen und Cafés. Die Umgebung gefällt mir sehr gut, auch die alte Dame ist mir sympathisch, doch ich mag nicht zur Untermiete wohnen. Hier müsste ich mich weit mehr einschränken als daheim im Haus mit meiner Mutter.

Direkt vor dem Haus sind vier Hunde an einen Laternenpfahl gebunden. Ich mag keine Hunde und wage nicht, nahe an ihnen vorbeizugehen, zumal einer der Hunde recht groß ist und mich misstrauisch beäugt. Die anderen drei schauen nervös zur Eingangstür eines Cafés, wo vermutlich der Halter gerade Kuchen kauft.
„De Viecher sinnor Verriggdn", spricht mich eine Frau an.
„Wie bitte?"
Mit dem sächsischen Dialekt komme ich noch nicht

zurecht, weil alles so weich und aneinander gehangen klingt. An das *Morschn* im Hotel für Guten Morgen habe ich mich inzwischen gewöhnt. Wenn die Leute merken, dass ich sie nicht verstehe, wiederholen sie alles in einem vermeintlichen Hochdeutsch. Das macht sie sympathisch. Auch die Frau wiederholt ihre Worte.

„Die Hunde gehören einer Verrückten, die noch nen fünften drheeme, daheim hat. Fünf Hunde in der Stadt", murmelt sie und schüttelt missbilligend den Kopf. „Sie will Hunde retten, die das Tierheim nicht vermitteln kann. Der große Hund ist taub und lahmt, der kleine pinkelt und kackt in die Wohnung, auch die zwei mittleren haben ihre Probleme. Am schlimmsten ist der, den sie daheim lassen muss. Er lebt im Garten, weil er furchtbar scheu und bissig ist, so dass sie ihn auch nach Jahren nicht anfassen oder an die Leine nehmen kann. Wie gesagt, sie will Hunde retten. Doch wo fängt es an? Und wo hört es auf?"

Sie zeigt auf die Hunde, schüttelt noch einmal den Kopf und geht weiter.

In einem nahen Schaufenster entdecke ich Grundrisse von Wohnungen und merke, dass ich direkt vor einem Immobilienbüro stehe. Wenn das kein Zufall ist!

Ich gehe hinein und sage dem Mann, dass ich neu in Freiberg bin, noch im Hotel wohne und deshalb dringend eine Wohnung in der Innenstadt suche, in die ich sofort einziehen kann. Zwei Zimmer mit Küche und Bad, Balkon ist nicht so wichtig.

„Wo arbeiten Sie?"

„Noch gar nicht."

Sage ich jetzt, dass ich auf Arbeitssuche bin? Und wenn er fragt, wer die Miete bezahlt? Mein Vater aus Bayern. Das kauft der mir nicht ab.

„Ab Januar habe ich eine Festanstellung im Stadtamt als Archivar."

„Beamtin also?" Der Mann steht auf und reicht mir die Hand. „Also suchen Sie das Besondere, das Außergewöhnliche."

„Eher nicht."

„Wir können sofort losfahren."

„Wohin?"

„Zur Besichtigung."

„Zuvor möchte ich die Grundrisse sehen."

Der Mann setzt sich wieder und mustert mich, als ob er es absurd findet, dass ich zuerst die Grundrisse prüfen will. Aber ich möchte nicht noch einmal wie mit den beiden Wohnungsgesellschaften durch scheußliche Betonbauten ziehen, die mir von vornherein nicht zusagten. Ich brauche einen Grundriss und ein Foto vom Haus, zusätzlich eine Einschätzung der Umgebung.

Er reicht mir ein Prospekt aus Hochglanzpapier.

„Sie können auch eine Wohnung kaufen."

Ich blättere in dem Heft, finde aber weder Grundrisse noch Preise.

„Wo steht das Haus? Bitte zeigen Sie es mir auf dem Stadtplan!"

„Das Haus wird im nächsten Jahr gebaut, nur etwa zwei Kilometer von der Innenstadt entfernt."

„Ich brauche die Wohnung sofort. Kaufen möchte ich nicht, denn vielleicht gründe ich in zwei oder drei Jahren eine Familie und brauche mehr Platz."

„Verstehe. Verstehe", murmelt der Mann, macht aber keine Anstalten, mir Grundrisse von Mietwohnungen in der Innenstadt zu zeigen.

Deshalb verabschiede ich mich und verspreche, mich zu melden. Er hat nicht einmal nach meinem Namen oder der Telefonnummer gefragt. Wie will er mir ein Angebot machen? Geschäftstüchtig ist er jedenfalls nicht.

*****

„Wie war´s bei Kiras Oma?", erkundigt sich Tonja.

Ich erzähle, dass mir die Oma sympathisch ist und ich das Zimmer hübsch finde, vor allem die Umgebung am Untermarkt. Aber ich möchte nicht in einem Zimmer zur Untermiete wohnen und Bad und Küche mit der Frau teilen.

„Es wäre nur für den Anfang."

„Ich mag keine halben Sachen. Ich suche eine Wohnung ganz nach meinem Geschmack und eine Arbeit, die mir gefällt. Und zwar auf Dauer, für mindestens zwei oder drei Jahre."

Tonja lacht.

„Zwei Jahre sind für dich auf Dauer?"

Natürlich. So weit voraus plane ich zum ersten Mal.

Dann berichte ich von dem ungeschickten Makler.

„Dieser Typ hat keine einzige Frage gestellt. Er kennt nicht einmal meinen Namen, geschweige meine Handynummer. Er weiß nicht, ob ich eine separate Küche oder einen Balkon wünsche und auch nicht, wie hoch die Miete sein darf. Der hat nur geschleimt, als ich von meinem Posten als Archivar sprach."

„Du nimmst also den Job?"

„Nein. Aber ich kann ihm ja nicht sagen, dass ich keine Arbeit habe. Aber vielleicht ist der so blöd und vermietet mir trotzdem eine Wohnung, ohne zu prüfen, ob ich sie bezahlen kann. Und so etwas nennt sich Makler! Ich würde es viel besser machen."

Wieder lacht Tonja.

„Dann wäre Makler der richtige Beruf für dich."

„Makler? Ich weiß nicht."

„Du hast mit Leuten zu tun, viel Abwechslung, mit Vertragsrecht kennst du dich bereits aus. Warum also nicht? Die Freiberger Wohnungsgesellschaft sucht Mitarbeiter. Bewirb dich dort!"

Woher weiß Tonja das?

Im Internet finde ich heraus, dass es eine Ausbildung zum Immobilienkaufmann gibt und Makler selbständig im eigenen Büro arbeiten. Je nach Lage der Immobilie kann man beim Verkauf recht gut verdienen. Als Kaufmann verdient man in Bayern mehr als 4.000 Euro im Monat, Sachsen liegt leider auf dem letzten Platz bei weniger als 3.000 Euro. Wenn ich also Wohnungen vermieten will, sollte ich lieber wieder zurück nach München gehen. Dort sind außerdem die Mieten doppelt so hoch wie in Freiberg, weshalb ich automatisch bei jeder Vermittlung doppelt verdienen würde. Beim Verkauf ist der Unterschied noch viel krasser. Andererseits muss ich nicht so viel verdienen wie in München, weil in Freiberg die Mietpreise niedriger sind als in München.

Auf der Seite der Wohnungsfirma steht tatsächlich, dass sie zur Zeit gleich drei Mitarbeiter suchen. Mit dem Anforderungsprofil für einen Sachbearbeiter käme ich zurecht. Sie bieten sogar Urlaubs- und Weihnachtsgeld und eine betriebliche Altersrente. Ehe ich es mir anders überlege, tippe ich meine Daten in das vorgesehene Feld und bitte um ein persönliches Gespräch.

Irgend etwas muss ich tun. Und das möglichst sofort.

*****

„Sie wollen nun doch eine unserer Neubau-Woh-
nungen mieten?", fragt eine Dame freundlich.

Es ist genau die Frau, die mir kürzlich die Wohnung im Plattenbau zeigte. Neubau nennt sie diese
alten Betonburgen aus den fünfziger bis achtziger
Jahren, worüber ich mich heimlich amüsiere.

„Nein. Mir ist ein Altbau lieber."

„So? Das wundert mich, denn Neubauten sind hier
überaus beliebt, beliebter jedenfalls als die alten in
der verwinkelten Innenstadt."

„Das mag sein."

Nun weiß ich nicht weiter und ärgere mich, den
Einstieg derart verpatzt zu haben und überlege,
wie ich möglichst elegant zur Bewerbung überge-
hen kann. Doch die Frau kommt mir zuvor.

„Warum also sind Sie hier?"

„Ich habe einen Termin mit der Personalabteilung."

Leider habe ich mir den Namen dieser Frau nicht
gemerkt. Das spricht ganz und gar nicht für mich.

Ich werde ins Nachbarzimmer geführt und sitze
einer recht streng wirkenden Matrone gegenüber,
die ohne große Worte meine Bewerbungsmappe
durchblättert.

„Als Anwältin sind Sie überqualifiziert", fasst sie zusammen und schaut mich über ihren Brillenrand
an.

„Ich befand mich noch im Referendariat und habe
dort gelernt, wie man am Telefon mit Interessenten
spricht, Anfragen bearbeitet, Termine organisiert

und Erledigtes ablegt. Ich arbeite gründlich und zuverlässig."

„Wir suchen zwar jemanden fürs Telefon, doch uns wäre ein heimischer Bewerber lieber. Verstehen Sie? Jemand, der sächsisch spricht und somit vertrauensvoller wirkt als eine Fremde."

Die sollten froh sein, wenn jemand ans Telefon geht, den man versteht, weil er deutsch spricht und nicht sächsisch. Auf jeden Fall klingt das nach einer klaren Absage. Aber so schnell gebe ich nicht auf.

„Waren Sie nicht neulich hier und suchten selbst eine Wohnung?"

„Das stimmt. Aber ich habe mich inzwischen für eine Altbauwohnung entschieden."

„Altbau? So etwas wird hier nicht gern genommen. Aber wie gesagt: Sie sind fremd hier und denken und handeln anders als die Einheimischen."

Sollte ich der Trulla jetzt sagen, dass ich sowieso nicht gern hässliche Betonbauten vermittle? Nein, das bringt nichts und klingt nach billiger Rache. Ich greife möglichst gelassen nach meiner Mappe und gehe zur Tür.

„Pfüat Eahna!", verabschiede ich mich.

„Wie bitte?"

„Behüte Sie Gott hoast des auf deitsch."

Ich drehe mich um, sehe aus den Augenwinkeln das entsetzte Gesicht der Frau und freue mich, sie derart aus der Fassung gebracht zu haben.

Absichtlich forsch öffne ich die Tür und pralle mit einem Mann zusammen. Er trägt schwarze Arbeitskleidung und ein knallrotes Kopftuch, das er im Nacken zusammengebunden hat. Kann der Typ nicht aufpassen?

„Saupreis, damischer!", murmle ich wütend.

„Elli!", ruft er aus. „Suchst du eine Wohnung?"

Karl! Der hat mir gerade noch gefehlt.

„Natürlich nicht", zische ich und dränge mich an ihm vorbei.

Der hat es drauf, Leute umzurennen. Macht er das generell oder nur bei Frauen? Ich höre, wie er der Frau etwas zuruft. Dann steht Karl neben mir.

„So warte doch! Ich bin hier fertig und möchte dich zu einem Kaffee einladen."

Ich möchte aber nicht. Mein Hotel ist gleich nebenan, aber das sage ich ihm nicht. Außerdem ist es nur für Hotelgäste zum Frühstück geöffnet.

„Café Hartmann?"

Ich seufze, als ich an den langen Weg zurück in die Innenstadt denke. Mir tun die Füße vom vielen Laufen weh. Vielleicht sollte ich mir neue Schuhe kaufen. Allerdings habe ich seit heute Morgen noch nichts gegessen und im Hotel bekomme ich nichts.

Karl bemerkt mein Zögern, hakt mich einfach unter und zieht mich mit.

„Wir nehmen das Auto, obwohl Laufen schöner ist. Aber ich muss anschließend noch zu einem Kunden."

„So spät? Wann machst du Feierabend?"

„Das ist verschieden. Mein heutiger Kunde arbeitet bis 17 Uhr, also werde ich wohl bis etwa 20 Uhr zu tun haben. Doch jetzt habe ich Zeit."

Am liebsten hätte ich ihm gesagt, er soll seine Zeit mit seiner Frau oder Freundin verbringen, der es sicher nicht gefällt, wenn er mit mir Kaffee trinkt. Aber im Grunde kann es mir gleichgültig sein, worüber sich sein Gschpusi ärgert.

„Hast du nicht gesagt, du bist selbständig?"

Karl nickt.

„Aber du arbeitest auch für diese Wohnungsfirma?"

„Die haben zwar eigene Handwerker, doch die … sagen wir mal, haben nicht mein Können." Er klopft sich stolz auf die Brust. „Bei Reklamationen werde ich gerufen und bringe in Ordnung, was in Ordnung gebracht werden muss."

Ganz schön eingebildet, der Typ. Er hält sich offenbar für etwas Besseres. Mich macht das aggressiv und ich möchte ihm seine Arroganz um die Ohren hauen. Aber mir fällt nichts Passendes ein. Außerdem weiß ich nicht, ob ein Sachse bayrischen Humor versteht. Also sage ich nichts und lasse mich auf Karls Beifahrersitz fallen, wovon er schnell noch seine hässlich bunte Flickenjacke beiseite räumt. Das Auto ist so klein wie ein PKW, sieht aber aus wie ein Transporter.

„Der hat Allrad, brauche ich fürs Gebirge und im

Winter sowieso."

„Hm", murmle ich und erwarte einen typisch männlichen Vortrag über Autos und ihre Motoren.

Warum habe ich mich nur wieder überrumpeln lassen? Aber ich habe Zeit und außerdem Hunger. Da ist es gleichgültig, wie und mit wem ich endlich etwas zu essen bekomme.

*****

Während ich im Café Hartmann die Speisekarte studiere, bestellt Karl zwei Holundersuppen, ohne mich vorher zu fragen. Das macht mich wütend. Was bildet sich dieser Kerl ein? Doch zum Aufstehen und Davonlaufen ist es zu spät, weil ich meinen Kakao nicht stehenlassen will. Außerdem bin ich hungrig. Das dunkle Rot der Suppe wirkt wie Blut, duftet aber derart verführerisch nach süßen Blüten, dass ich nicht widerstehen kann.

„Die *musst* du probieren. Unbedingt."

Ich muss überhaupt nicht, werfe Karl noch einen herablassenden Blick zu und greife nach meinem Löffel. Mich überrascht der unbeschreiblich fruchtige Geschmack der Suppe.

„Sie schmeckt nicht nur himmlisch gut, sondern ist außerdem anregend, antibakteriell, entgiftend, entzündungshemmend und gut gegen Erkältung."

„Besten Dank für die Belehrung", fauche ich.

Ich hasse die ungebetenen Vorträge von diesem

Besserwisser. Mein Zorn scheint Karl nicht zu stören, er lächelt spöttisch.

Melanies Familie

Mein Handy klingelt.

„Hallo, hier ist Yvonne, die aus Bad Elster. Du erinnerst dich?"

Yvonne! Sie hat mich nicht vergessen und fragt, wie es mir geht. Ich erzähle, dass ich seit gut einer Woche in einem Hotel in Freiberg wohne und hier eine Arbeit und eine Wohnung suche.

„Freiberg?", ruft sie erstaunt aus. „Dazu muss ich dir unbedingt etwas erzählen, etwas ganz Wichtiges, aber erst später. Mir geht es gut bis auf die üblichen Probleme."

Ich höre sie seufzen und überlege, von welchen Problemen sie spricht. Hoffentlich hat sie keine Schmerzen.

„Letzte Woche besuchte ich meine Kollegen im Pflegeheim. Dort herrscht eine sehr unangenehme Stimmung. Irgendwie sind alle genervt."

„Wegen dir?"

„Aber nein. Oder doch? Meine Chefin war jedenfalls sauer, weil ich so schnell nicht wieder arbeiten darf."

„Aber sie weiß doch, dass du krank bist."

„Natürlich weiß sie das, sie weiß auch, was Brustkrebs bedeutet. Trotzdem unterstellt sie mir, dass ich mich vor der Arbeit drücke und meine Krankheit nur vorschiebe."

Empört schnaufe ich und denke an Silkes Chefin, der ebenfalls das Einfühlungsvermögen fehlt. Dabei sollten Pfleger besonders verständnisvoll und geduldig sein.

„Ich verstehe ihren Ärger, denn außer mir sind noch zwei krank, eine hat gekündigt und eine geht in Rente. Wie soll sie die Versorgung der Bewohner sicherstellen, wenn mit einem Mal so viele Mitarbeiter fehlen?"

Das verstehe ich. Trotzdem darf sie ihren Ärger nicht an Yvonne auslassen.

„Mein Mann will, dass ich ganz daheim bleibe. Die Kinder haben so lange auf mich verzichten müssen und nun sind oft KiTa und Schule geschlossen. Außerdem fühle ich mich noch recht schlapp und kann mich nicht lange konzentrieren."

Ich weiß nicht, ob das Auswirkungen der Krankheit oder der Behandlungen sind. Irgendwo habe ich mal gehört, dass man nicht an seinen Krankheiten stirbt, sondern an den Mitteln, die man dagegen einnimmt. Vorstellen kann ich mir das allerdings nicht. Auch nicht, warum Schule geschlossen sein sollen. Ferien sind doch erst über Weihnachten.

„Ich sollte mir einen Mammografie-Termin geben lassen, doch vor Juli ist keiner frei."

„Aber du bist doch Krebspatient."

„Das habe ich denen auch gesagt, trotzdem haben sie erst im Juli einen Termin für mich. Bis dahin weiß mein Onkologe nicht, ob die Behandlungen helfen oder der Krebs sich weiter ausbreitet."

Fassungslos schüttle ich den Kopf und verstehe nicht, weshalb sich Yvonne selbst um einen Termin kümmern muss. Das sollte Aufgabe ihres Arztes sein.

„Ich habe nicht einmal eine Reha. Die Einrichtung, zu der mich die Kurärzte überwiesen, besitzt die notwendigen Übungsgeräte nicht und das große Reha-Zentrum ist wegen Corona geschlossen."

„Geschlossen? Aber du brauchst doch diese Behandlungen!"

„Natürlich brauche ich sie, aber wenn es nicht geht, dann geht es eben nicht."

Weshalb wird ein Reha-Zentrum geschlossen, das zur Weiterbehandlung von Schwerkranken wichtig ist? Mich macht das derart wütend, dass ich einen Moment gar nichts sagen kann.

„Ich habe Kontakt zu Silke", lenkt sie ab.

„Die Meckertante?"

„Sie ist kreuzunglücklich."

Das war sie immer. Mit nichts war sie zufrieden, an allem und jedem hatte sie etwas auszusetzen: am Essen, an den Therapeuten, den Zeiten für die Behandlungen, unseren Ideen für die freie Zeit. Sie ist und bleibt eben eine nörgelnde Meckertante.

„Als Silke wochenlang im Krankenhaus lag, lernte

ihr Mann eine andere Frau kennen. Und während der Kur ist die Neue bei ihm eingezogen. Stell dir das mal vor!"

„Was denkt sich dieser Kerl?", frage ich entsetzt.

„Silke funktioniert nicht mehr so, wie sie funktionieren sollte. Die Kinder haben sich an die neue Frau gewöhnt. Sie mögen sie. Außerdem ist sie jeden Tag da und nicht wie Silke manchmal wochenlang verschwunden. Selbst, wenn sie daheim war, lag sie tagelang im Bett und hatte keine Kraft, mit den Kindern zu spielen."

Natürlich nicht. Silke ist schwer krank. Besonders in schlechten Zeiten muss man sich auf seinen Partner verlassen können. Aber dieser Mann holt sich einfach eine neue, gesunde Frau ins Haus, eine, die funktioniert. Ich fasse es nicht!

„Willst du Silke mal besuchen?"

Nein, dazu habe ich keine Lust. Ich mag sie nicht und war auch nicht so eng mit ihr befreundet wie Yvonne. Wenn ich mich recht erinnere, wohnt sie in Chemnitz. Das ist nicht weit von Freiberg entfernt.

Trotzdem frage ich: „Wo genau wohnt sie denn?"

„Bei ihrer Mutter in Freiberg."

„In Freiberg? In der Stadt, in der ich jetzt bin?"

„Genau. Silke kann Abwechslung gut gebrauchen. Vielleicht könnt ihr euch gegenseitig helfen."

Yvonne schickt mir Silkes Nummer und Adresse aufs Handy und verabschiedet sich.

*****

Ich habe keine Lust, Silke zu besuchen. Ihre stets miese Laune wird mich runterziehen. Außerdem hat sie sich darüber lustig gemacht, dass ich mich an nichts erinnern kann. Sie sagte, sie würde es ausnutzen und Leute, die sie nicht mag, einfach nicht erkennen. Jetzt wäre es natürlich gut für sie, wenn sie sich an ihren Mann und ihre Kinder nicht mehr erinnert. Sie würde viel weniger leiden. Aber das sind garstige Gedanken, für die ich mich schäme. Sofort tut sie mir leid. Deshalb werde ich sie wenigstens anrufen. Das geht schnell und ich habe meine Pflicht getan.

Ihre Mutter geht ans Telefon, obwohl es Silkes Handy ist. Sie freut sich wortreich über meinen Anruf. Dabei kennt sie mich gar nicht.

„Silke hat viel von der Kur erzählt. Sie wird sich riesig freuen, dass du in Freiberg bist und sie besuchen willst."

Davon war überhaupt keine Rede!

„Im Moment schläft sie, doch 15 Uhr ist sie wach. Wir erwarten dich!"

Sie erwarten mich? Diese Frau hat nicht einmal gefragt, ob ich Zeit habe. Zwar habe ich Zeit, aber keine Lust, mich fremden Wünschen zu fügen. Offenbar strahle ich etwas aus, das die Leute mich einfach so mitnehmen wie Tonja oder Karl. Ich mag das nicht.

Trotzdem mache ich mich gegen 15 Uhr auf den Weg zum Haus von Melanies Mutter und besorge unterwegs Blumen und eine Flasche Sekt. Mir fallen die geschmückten Fenster auf. In fast jedem stehen Schwibbögen und verschiedene Holzfiguren. Tonja hatte mir schon von den erzgebirgischen Adventsbräuchen erzählt, aber so hübsch dezent hatte ich es mir nicht vorgestellt. Wenn am Abend all die Lichter brennen, wird es sicher romantisch aussehen.

Auf mein Klingeln öffnet eine rundliche Frau, die sich die Hände an ihrer Schürze abwischt und mich so herzlich umarmt, als kenne sie mich schon lange. Seltsamerweise ist mir diese innige Begrüßung überhaupt nicht unangenehm.

Ich überreiche ihr die Blumen. „Für Sie!"

Ich halte die Sektflasche hoch. „Den trinke ich mit Silke."

„Oh! Da wird sich das Mädl freuen. Geh nur rein!"

Die Tür zur Küche steht offen und mir strömt ein wunderbarer Duft nach Kuchen entgegen. Ich sehe mich in dem Raum um, an dessen Außenwand ein riesiges Fenster den Blick zum leicht verschneiten Garten freigibt. Das Fensterbrett ist mit zwei wunderschönen Schwibbögen und vier großen bunten Holzfiguren geschmückt.

„Das sind Nussknacker", erklärt die Frau.

Auf einem wuchtigen Holztisch ist der Kaffeetisch

für drei Personen gedeckt. Auch da stehen Männlein aus Holz und ein Adventskranz mit vier dicken roten Kerzen. Schräg vor dem Fenster befindet sich ein roter Ohrensessel. Erst jetzt bemerke ich, dass Silke darin sitzt. Ihren Rücken stützt ein Kissen, über den Beinen liegt eine Decke. Ich hätte sie fast nicht erkannt, weil ihr Gesicht so kalkweiß, schmal und zugleich aufgedunsen ist, unter ihren Augen sehe ich dunkle Schatten, auf dem Kopf eine bunte Mütze. Ich vermute, dass sie keine Haare mehr hat.

Verlegen betrachte ich kurz noch einmal die Schwibbögen auf dem Fensterbrett.

„Hübsch", sage ich und hoffe, dass Silke mein Entsetzen nicht bemerkt. Ich weiß nicht, ob ich sie umarmen darf oder nicht. Deshalb schwenke ich nur die Sektflasche und spüre, wie meine Hand zittert.

„Lust auf ein Besäufnis?", frage ich und versuche, fröhlich zu klingen.

Im gleichen Moment bringt Melanies Mutter drei Sektgläser.

„Ich will mit euch anstoßen!", verkündet sie, ergreift die Flasche und öffnet sie geschickt. „Nenne mich bitte Amelie."

Ich erinnere mich an keine einzige Person mit dem Namen Amelie. Doch das hat nichts zu bedeuten, da ich mich sowieso an nichts und niemanden erinnere.

Amelie strahlt Fröhlichkeit aus. Wie macht sie das

nur, wenn sie täglich ihre schwerkranke Tochter um sich hat.

„Ich habe gebacken", verkündet Amelie fröhlich. „Quarktorte, die Silke und ich so gern mögen. Ich hoffe, du magst sie auch."

„Natürlich!", versichere ich.

„Morgen wird der Stollen angeschnitten, denn morgen ist der 1. Advent. Ich habe bereits neun Stück gebacken."

Ich zeige mich beeindruckt, weil es so stolz klingt. In Wirklichkeit weiß ich nicht, wie groß oder klein diese Stollen sind und auch nicht, wie sie schmecken.

Amelie zündet eine Kerze am Adventskranz an und blinzelt mir zu.

„Ausnahmsweise."

„Wie bitte?"

„Weil sie erst morgen zum 1. Advent brennen darf, aber bei solch einem lieben Besuch sind Ausnahmen erlaubt", erklärt sie lachend.

Silke lächelt, aber nur mit dem Mund, ihre Augen bleiben trüb. Ich habe den Eindruck, dass sie mich nicht wirklich wahrnimmt, weil sie irgendwie nach innen schaut. Manchmal schließt sie ihre Augen und ich überlege, ob sie Schmerzen hat oder sich langweilt, weil ich nicht mit ihr, sondern mit ihrer Mutter spreche. Vielleicht ist sie auch zu schwach für ein Gespräch.

Amelie erzählt Anekdoten aus ihrem Berufsleben,

als sie als Köchin in einer Großküche arbeitete, wo es derb und laut zuging. Ich kann mir gut vorstellen, dass sie sich dort wohlfühlte. Aber ich kann mir nicht vorstellen, dass sie bereits in Rente ist, denn sie wirkt kaum älter als Silke mit ihrer glatten rosigen Haut.

„Den Job habe ich für Silke aufgegeben, aber nicht meine Arbeit. Ich koche und backe jetzt für meine Nachbarn und deren Freunde. Die meisten Leute bestellen Torten oder Eierschecke für ihre privaten Feste und jetzt im Advent Stollen. Zu Weihnachten brate ich acht gefüllte Gänse und Silvester gibt es Karpfen blau."

Das kenne ich alles nicht – glaube ich zumindest. Amelie hat offensichtlich viel Freude am Kochen und Backen. Mir wäre das viel zu viel Arbeit.

„Morgen mache ich eine große Schüssel Kartoffelsalat, weil übermorgen unser Wichtelfest mit den Nachbarn stattfindet. Ich lade dich ein."

„Was ist ein Wichtelfest?"

„Jeder Gast kauft ein kleines Geschenk, aber nicht für eine bestimmte Person. Er verpackt es hübsch und verstaut es in einen Sack, worin sich bereits die Päckchen der anderen Gäste befinden. Nach dem Essen wird gelost, wer welches Geschenk bekommt. Wenn man Pech hat, erhält man eins, das einem nicht gefällt oder das man selbst gekauft hat."

Weil ich das nicht ganz verstehe, erklärt es Amelie

noch einmal ausführlicher.

„Früher war das ein großer Spaß im Erzgebirge. Die Mitarbeiter in den Firmen losten vorher aus, wer wen beschenkt. Alle Namen wurden auf Zettel geschrieben und kamen in einen Topf. Jeder zog einen Zettel und wusste, wen er beschenken darf. Für diese Person versteckte man kleine Aufmerksamkeiten oder Scherzartikel in dessen Sachen und auf dem Arbeitsplatz. Dabei musste man achtgeben, nicht entdeckt zu werden. So blieb das Wichteln bis zum Schluss spannend. Heute ist der Brauch verloren gegangen. Doch wir Nachbarn hier in der Siedlung machen uns diesen Spaß in jedem Jahr zur Adventszeit, immer am Montag nach dem 1. Advent. Mit dir und deinem Freund werden wir acht Paare sein."

„Ich habe keinen Freund", wende ich ein.

„Umso besser!", ruft Amelie aus und klatscht in die Hände.

Verstohlen schaue ich zu Silke, weil ich befürchte, dass das Klatschen und laute Rufen ihrer Mutter sie erschreckt hat.

„Keine Sorge, Silke mag Geräusche. Deshalb schleppe ich sie immer mit in die Küche, wenn ich hier arbeite. Sie hört den Mixer und meine Stimme und fühlt sich nicht allein." Liebevoll zupft sie Silkes Decke zurecht. „Mein Sohn kommt ebenfalls allein, also ist er dein Tischherr."

Begeistert bin ich nicht, doch ich habe ohnehin

nichts vor. Außerdem fühle ich mich wohl in Amelies Gesellschaft. Mir ist, als ob ich sie schon ewig kenne.

„Jeder steuert zum Fest etwas bei: Kartoffelsalat, Würstchen, Suppe, Nachtisch, Speckfett und Brot. Ich mache wie immer den Kartoffelsalat und brate zusätzlich fünfzig Buletten", wieder klatscht sie lachend in die Hände, „und mein Sohn spendiert den Glühwein."

Da ich noch immer im Hotel lebe, wäre Wein für mich die einzige Möglichkeit, etwas mitzubringen. Es sei denn, Kuchen vom Café Hartmann.

„Für dich habe ich eine ganz besondere Idee: Buttermilchgetzn."

„Was ist das?"

Ein Kuchen oder eine Suppe aus Buttermilch? Ich mag keine Buttermilch und kann mir nicht vorstellen, dass das schmeckt.

„Ein typisch erzgebirgisches Gericht."

Ich sage, dass ich das Gericht nicht kenne, im Hotel wohne und dort keine Möglichkeit habe zu kochen.

„Du kommst eine Stunde früher, bringst einen Liter Buttermilch und 200 Gramm guten Speck mit und machst den Getzn hier in meiner Küche. Ich zeige dir, wie das geht."

Silke hat die Augen geschlossen und scheint zu schlafen.

„Sie ist schnell erschöpft. Geh nur! Du siehst sie

übermorgen wieder."

Im Hotel suche ich im Internet nach dem Rezept für Buttermilchgetzn. Zu diesem Gericht gehören noch rohe und gekochte Kartoffeln und Leinöl. Man lässt den Speck aus, gibt den Teig aus geriebenen Kartoffeln und Buttermilch in eine Auflaufform und backt ihn aus. Ich kann mir immer noch nicht vorstellen, dass das Gericht schmeckt, aber es macht mich neugierig.

*****

Pünktlich 17 Uhr stehe ich zwei Tage später wieder vor dem Haus, in dem Silke mit ihrer Mutter wohnt. Ich habe ein schlechtes Gewissen, weil ich bei meinem letzten Besuch keine einzige Frage an die Kranke stellte. Was soll ich auch fragen, da doch zu sehen ist, dass es ihr schlecht geht. Auch an die Kinder wollte ich sie nicht erinnern. Das hätte sie nur traurig gemacht. Aber vielleicht war es gut so wie es war.
Als Wichtelgeschenk habe ich eine Duftkerze in einem Glas gekauft, die gegen Stress wirken soll.

Silke sitzt nicht in dem Sessel am Fenster. Ich bin mit ihrer Mutter allein in der Küche. Sie nimmt mir die Buttermilch und den Speck ab und fordert mich auf, ein Viertel des Specks in kleine Würfel zu schneiden. Den Rest packt Amelie in den Kühlschrank. Sie lässt den Speck aus und gießt ihn in eine kleine Auflaufform, während ich drei gekochte und drei rohe Kartoffeln reibe. Amelie gibt einen Teil der Buttermilch dazu und vermengt alles mit ihren Händen. Danach schichtet sie den Teig löffelweise in die Form, die mir für sechzehn Personen zu klein scheint, und schiebt sie in den vorgeheizten Backofen. Mir fällt auf, dass wir genau die Menge verarbeitet haben, die im Internet-Rezept für vier Personen angegeben war.

Erst jetzt bemerke ich, dass der große Tisch nur vier Gedecke enthält. Zwischen den Tellern und Gläsern stehen kleine Holzmännchen.

„Jedes Raachermannl hat mit uns zu tun." Amelie zeigt auf eine geschnitzte Frau, die eine Schüssel Knödel trägt, zwei der Knödel stellen ihre Brüste dar. „Das bin ich, die Köchin. Dann haben wir noch die Krankenschwester für Silke und einen Handwerker für meinen Sohn."

„Du hast gesagt, wir sind sechzehn Personen, aber der Tisch ist nur für vier gedeckt."

„Meine Freundin rief gestern Abend an und informierte mich, dass kein einziger Nachbar zu unserem Wichtelfest kommt."

„Nicht? Aber warum?"

„Sie befürchten, an Corona zu erkranken."

Wieso weiß ich nichts von dieser Krankheit? Ich erinnere mich an alles, was ich jemals gelernt habe, nur nicht an Menschen und Dinge, die direkt mit mir zu tun haben. Hätte ich nicht während der Kur davon erfahren müssen? Oder war ich in Bad Elster so auf mich und meinen Gedächtnisverlust reduziert, dass nichts anderes in meinem Kopf Platz hatte als die Frage: Wer bin ich?

„Wieso glauben deine Nachbarn, krank zu werden?"

„Weißt du nicht, dass Silke und ich nicht geimpft sind?"

Ich zucke mit der Schulter, weil mich diese Erklärung nicht weiterbringt.

„Ist diese Impfe wichtig?", erkundige ich mich.

„Wichtig ist sie deshalb, weil es eine Verordnung gibt, dass ungeimpfte Menschen nicht von ebenfalls ungeimpften besucht werden dürfen. Meine Nachbarn sind alle geimpft, dürften also zum Fest kommen."

Aber sie wollen nicht kommen. Das kapiere ich nicht.

„Also ist die vierte Person deine Freundin", fasse ich zusammen und zeige auf die vier Gedecke.

„Nein, die vierte Person ist mein Sohn. Meine Freundin kommt nicht, weil sie mich und vor allem Silke schützen will." Das Wort schützen betont sie und verdreht dabei die Augen. „Außerdem ist ihr eingefallen, dass ihr Mann eine Weihnachtsfeier mit seinen Kollegen hat, wozu sie ebenfalls eingeladen ist. Vielleicht kommt sie später, falls ihr Fest nicht allzu lange dauert."

„Feine Freundin", schniefe ich.

„Ach, es bringt nichts, sich Gedanken darüber zu machen. Jeder hat seine persönlichen Gründe. Ich bin nur verärgert, weil keiner der Nachbarn bei mir absagte. Ohne den Anruf meiner Freundin hätte ich eine riesige Schüssel Kartoffelsalat gemacht und heute Morgen den Biertisch aus dem Keller geholt und festlich gedeckt."

Das finde ich ziemlich feige und unfair – noch dazu erst am Abend zuvor. Trotzdem begreife ich diese ganze Aufregung nicht. Oder sollte ich jetzt ebenfalls vorsichtig sein?

„Die Buletten habe ich trotzdem gebraten, weil ich das rohe Fleisch verarbeiten muss und sie auch kalt gut schmecken. Ich wärme nur so viele auf, wie wir vier essen wollen."

„Wir sind also wirklich nur zu viert?", frage ich fassungslos.

Amelie nickt. Sie hätte mir absagen sollen. Doch dann säße ich heute Abend allein im Hotelzimmer.

„Aber das macht nichts." Sie lächelt mich an. „Es gibt trotzdem Kartoffelsalat nach meinem persönlichen Geheimrezept mit Äpfeln, Gurken, Tomaten, Käse und Schinken."

Äpfel und Käse im Kartoffelsalat? Für mich klingt das nach einem bunten Gemüse-Allerlei.

„Für den Nachtisch kochte ich eine Beerengrütze mit Vanillesoße. Du wirst sehen, es wird auch für uns vier ein schönes Fest."

Ich nicke und freue mich so langsam wieder.

„Ich hoffe, dass wir Silke an den Tisch holen können. Sie fühlt sich heute besonders schwach."

„Wo ist sie?"

„Sie liegt nebenan in der Stube, dort steht ihr Bett."

Ich denke an das, was mir Yvonne erzählte. Silkes Mann hat eine neue Frau und hält auch die Kinder von ihrer Mutter fern. Auch mein Vater ließ seine Frau mit drei Kindern im Stich.

„Wie kann ein Mann nur so grausam sein?", platze ich heraus.

„Männer denken, fühlen und handeln anders als Frauen, obwohl es heute kaum noch einen Unterschied gibt. Auch Frauen laufen davon, wenn sie meinen, etwas Besseres gefunden zu haben. Mein Mann sagte immer, ich sei schön. Aber das Schönsein hat nicht lange gereicht. Ich fand heraus, dass es noch eine andere Schöne für ihn gab. Die hatte zwei schöne Kinder, weshalb er seine zwei eigenen Kinder bei mir ließ. Nun wiederholt sich die Geschichte, indem Silkes Mann eine andere Frau fand, eine, die gesund ist und nicht ständig im Krankenhaus liegt, sondern sich um die Kinder kümmert. Jetzt, wo Silke ihren Mann braucht, braucht er sie nicht, weil sie nicht mehr so funktioniert wie sie funktionieren sollte." Amelies Miene verfinstert sich. „Ich möchte zu ihm gehen, ihn schütteln, anschreien, aber das bringt nichts. Er will Silke nicht sehen und will auch nicht, dass die Kinder ihre Mutter sehen. So krank. So leidend. Silke leidet nicht nur an ihrer Krankheit, sondern vor allem daran, dass alles, was sie liebt, für sie unerreichbar ist. Deshalb sieht sie keinen Sinn mehr in ihrem Leben. Sie hat sich aufgegeben."

Amelie schaltet den Ofen aus, holt den Kartoffelsalat und die Buletten aus dem Kühlschrank und stellt eine Pfanne auf den Herd. Darin erwärmt sie auf niedriger Temperatur acht Buletten in Butter.

Ich zeige auf die Buletten und sage, dass wir sie in Bayern Fleischpflanzerl nennen.

„Oh, der gebratene Kloß aus Hackfleisch hat viele Namen: Frikadelle, Bratklops, Fleischküchle oder Faschiertes. In der Küche sagten wir Beffi."

Ich bin froh, dass Amelie das Thema wechselte, denn mir kamen die Tränen, als sie sagte, dass Silke keinen Sinn mehr in ihrem Leben sieht.

Die Tür öffnet sich und herein kommt ... Karl!

„Elli!", ruft er aus, umarmt mich stürmisch und wirbelt mich im Kreis. Dann dreht er sich zu Amelie um und umarmt auch sie. „Entschuldige, Mutsch, aber Elli war mir jetzt wichtiger. Wie hast du es geschafft, meine Traumfrau herzulocken?"

Wieder umarmt er mich, was mir furchtbar peinlich ist. Wieso nennt er mich seine Traumfrau? So ein Lügner! Aufschneider! Wir kennen uns überhaupt nicht. Ich hasse seine anmaßende Art. Wütend presse ich meine Lippen aufeinander, um ihm nicht vor seiner Mutter meine Meinung um die Ohren zu hauen. Ich werfe ihm nur einen verächtlichen Blick zu.

„Siehst du, Mutsch, wie süß sie mit ihren hübschen blauen Augen funkelt?"

Wieder muss ich mich beherrschen, ihm nicht sofort eine zu schmieren. Saupreiß, damischer! Aber ich komme nicht dazu. Karl ist mit großen Schritten zur Küchentür hinaus, hinüber zu Silke. Ich höre ihn mit zärtlicher Stimme leise murmeln.

„Wir haben uns bei einer gemeinsamen Freundin kennengelernt und uns später zufällig noch einmal getroffen", erkläre ich.

„Du bist also die Elli, von der Karl so schwärmt?"

Wieso schwärmt? Mit mir hat er noch kein einziges freundliches Wort gesprochen, mich nur genervt mit seiner Besserwisserei und seinen seltsamen Ansichten.

„Er hat von euren Zusammenstößen erzählt."

Amelie kichert.

Karl schiebt einen Rollstuhl in die Küche. Darin sitzt Silke, dick eingemummelt in Kissen und Decken, auf dem Kopf die bunte Mütze. Sie scheint mir während der letzten zwei Tage noch mehr geschrumpft zu sein, nur noch ein kleines Häufchen Elend. Sie lächelt, als würde sie bereits das Lächeln anstrengen. Ich wage nicht, sie zu umarmen, aber ich hauche ihr einen Kuss auf die Wange.

„Jetzt darfst du deinen Buttermilchgetzn auftragen!", fordert Amelie und reicht mir einen Topflappen und einen Pfannenwender.

Auf jeden Teller gibt sie einen Klecks Apfelmus, was den herzhaften Geschmack wunderbar abrundet. Danach genießen wir Schwammebrieh (so nennt sie ihre Pilzsuppe) und Kartoffelsalat mit Buletten. Zum Schluss gibt es eine unglaublich leckere Blaubeergrütze mit Vanillesoße.

Während ich Amelie helfe, den Tisch abzuräumen, holt Karl ein Akkordeon und eine Gitarre aus dem Nebenraum.

„Wir besitzen auch eine Zither. Kannst du die spielen?"

„Nein, ich spiele kein Instrument."

„Schade, ich dachte, in Bayern ist die Zither ebenso bekannt wie bei uns im Erzgebirge."

„Mein Vater spielte Zither", erklärt Amelie. „Als ich noch oben im Gebirge wohnte, trafen wir uns oft mit Nachbarn und spielten und sangen zusammen. Besonders zur Vorweihnachtszeit. Mein Vater lebt nicht mehr. Ich habe zwar die Zither geerbt, aber das Spielen darauf nie gelernt, weil es mir viel zu kompliziert ist. Für Schifferklavier (Akkordeon) hat es gerade so gereicht." Sie lacht und hängt sich das große Instrument um. „Früher sagten wir Zerrwanst dazu."

Wieder lacht sie und zieht den Balg auseinander, so dass ein schräger Akkord erklingt. Heißt es deshalb Akkordeon, weil mehrere Töne zugleich erklingen, also ganze Akkorde?

„Manche nennen es Quetschkommode, weil man den Balg zusammenquetscht." Karl lacht. „Oder auseinanderzerrt, weshalb es Zerrwanst oder auch Ziehharmonika heißt."

„Ich wurde in Klingenthal geboren, also mitten im Musikwinkel des Vogtlandes", erzählt Amelie.

„Musikwinkel?"

„Im Vogtland werden seit rund 350 Jahren Musikinstrumente hergestellt, nicht nur Akkordeons, sondenr nahezu sämtliche Streich-, Zupf-, Holz- und Metallblasinstrumente und auch Schlagzeuge", erklärt Karl und tut sich wichtig, als wäre es sein persönliches Verdienst. „Die Orte Klingenthal, Markneukirchen, Erlbach, Schöneck und die kleinen Gemeinden dazwischen bilden den Musikwinkel."

Mir sagen die Orte nichts. Auf Karls Belehrungen würde ich gern verzichten.

„Meine Mutter arbeitete viele Jahre im Klingenthaler Akkordeonwerk, weshalb sie sich dieses ganz wunderbare Instrument leisten konnte." Amelie klopft auf das rotglänzende Instrument und ich lese *Weltmeister.* „Es heißt nicht nur Weltmeister, sondern ist tatsächlich der berühmte Weltmeister aller Schifferklaviere."

Wieder zieht sie den Balg auseinander und schiebt

ihn zusammen, wobei verschiedene Akkorde ertönen.

„In dem Akkordeonwerk arbeiteten mehr Leute als es Einwohner gab in dem kleinen Ort. Meine Mutter bewunderte den Mann, der das Instrument stimmte. Sie sagte, sein Gehör sei weit besser als jedes technische Messgerät.“ Amelie blinzelt mir zu. „Vermutlich hat sie ihn deshalb geheiratet.“

Ich erfahre, dass man im Vogtland das Singen und Musizieren schon kleinen Kindern beibringt.

„Das ist wichtig“, verkündet Karl und hebt belehrend den Zeigefinger. „Das musikalische Gehör bildet sich bis zum fünften Lebensjahr aus.“ Er kratzt sich am Kopf. „Andererseits kenne ich berühmte Pianisten, die erst mit neun Jahren zum ersten Mal am Klavier saßen.“

Ich seufze, weil mich Karls Geschichten nicht interessieren und ich bereits leichte Kopfschmerzen spüre.

„Ich wollte kein Instrument spielen. Wozu gibt es Radio und CDs? Die Quetsche meiner Mutter ging mir voll auf die Nerven und Volkslieder fand ich öde. Erst vor wenigen Jahren habe ich mir die Gitarre gekauft.“ Karl lacht, beugt sich zu mir und haucht: „Ich wollte ein Mädchen beeindrucken und lernte ruckzuck ein paar Akkorde. Das Mädchen ist weg, aber meine Liebe zum Musizieren geblieben.“ Er greift zur Gitarre und verkündet fröhlich: „Jetzt wird gesungen!“

Ich kenne die bekannten Weihnachtslieder *Jingle Bells* und *We wish you a merry christmas* aus dem Radio und singe sie manchmal mit. Doch Karl stimmt ein mit völlig unbekanntes Lied an, dessen Text ich nicht verstehe.

Im Winter, wenn es wattern tut,
do sitzt sichs halt in Stüwl gut.
Wenns draußn wattert, stormt on schneit,
do sitzn ben Ufn de Hutznleit.

Ihr Leitle freit eich alle,
guckt naus, wies draußn Graibele schneit.
De Weihnachtszeit is komme,
vergaßt alln Zank un Streit.

Auch Silke singt mit, allerdings nur leise und nicht so übermütig wie Amelie und Karl. Die Melodien klingen in meinen Ohren angenehm. Amelie übersetzt die lustigen Texte, in denen es um gemütliches Beisammensein mit Nachbarn in der warmen Stube geht, während draußen Schnee fällt.
Ich fühle mich wohl.
„Was singt ihr in München zur Weihnachtszeit?"
Ich zucke mit den Schultern, denn ich erinnere mich an keine Lieder, die wir daheim gesungen haben. Doch das hat nichts zu bedeuten, weil ich mich an nichts erinnern kann, an nichts Wichtiges. Das stimmt mich traurig.

Ob meine Oma gesungen hat? Ich weiß es nicht.

„Meine Oma stammt aus dem Erzgebirge. Ihre Familie zog nach München, als sie etwa zehn Jahre alt war. Ich weiß nicht, ob sie eure Lieder kennt."

Amelie schaut mich nachdenklich an.

„Deine Oma wird sich an die Lieder ihrer Kindheit erinnern. Im Erzgebirge wird auch heute noch viel gesungen. Was man als Kind an musikalischen Erfahrungen macht, prägt das ganze Leben und ist die Basis für alle weiteren musikalischen Erfahrungen. Im Grunde bestimmen unsere Erinnerungen, wer wir sind."

Und wer bin *ich* dann, wenn ich mich an gar nichts erinnere? Ich versuche, mein Entsetzen hinunterzuschlucken, aber die Kehle ist wie zugeschnürt.

„Was hast du?", fragt Amelie und umfasst meinen Arm.

„Leider habe ich keine Erinnerungen." Wieder muss ich schlucken und in meinem Kopf hämmert es. „Deshalb weiß ich nicht, wer ich bin."

„Wie ist das möglich?", ruft Amelie aus.

Ich brauche eine Weile, um mich wieder zu beruhigen, während Amelie meine Hand hält und geduldig wartet. Schließlich berichte ich von meinem Sturz, der den grauenhaften Gedächtnisverlust auslöste. Auch Silke hört zu, obwohl sie die Geschichte längst kennt. Während der Kur lachte sie über meinen Gedächtnisverlust und meinte, dass Vergessen etwas Schönes ist. Jetzt hört sie zu und zeigt Mitgefühl. Sie hat sich verändert, nicht nur äußerlich, sie macht keine giftigen Bemerkungen mehr.

„Ich habe das Gefühl, dass die Suche nach meiner Vergangenheit verhindert, dass ich heute glücklich bin. Ständig suche ich nach einem Puzzlestück, das mir etwas von dem zurück gibt, was ich verloren habe. Aber ich weiß nicht, was es ist. Und das macht mich furchtbar traurig."

„Das ist wirklich eine schlimme Geschichte", stimmt Amelie zu. „Doch du solltest nicht traurig sein. Das Leben geht weiter und es ist allemal besser, es zu genießen – gleichgültig, wohin es dich verschlägt."

„Dann erfindest du dich eben neu! Sieh es als Chance!"

„Du kannst leicht reden", fauche ich Karl an. „Du hast eine Arbeit und eine Wohnung. Ich habe nichts davon und bin fremd hier."

„Du bist uns jederzeit willkommen. Und bevor du dich im Hotel langweilst, kannst du mir gern beim Backen und Kochen helfen."

Ich nicke und lächle verkrampft, weil ich Küchenarbeit überhaupt nicht mag. Amelie meint es gut, aber ich muss Geld verdienen, um mir meinen Lebensunterhalt finanzieren zu können.

„Letzten Monat ist eine alte Nachbarin verstorben. Ich kenne den Vermieter. Soll ich ihn fragen, ob du die Wohnung anschauen darfst? Es sind nur drei

winzige Zimmer, aber das Bad ist neu eingebaut und es gibt sogar einen Balkon."
Erfreut und dankbar schaue ich Amelie an. Sie will mir offensichtlich wirklich helfen.

Ich sitze in einem Saal voller Leute und spiele Zither. Dabei zupfe ich nicht die Saiten, sondern drücke Tasten auf meinem Computer. Das ist viel leichter. Trotzdem schmerzen meine Fingerspitzen und vom kräftigen Drücken der Tasten wird meine rechte Hand taub. Ich versuche, mir die Schmerzen nicht anmerken zu lassen, um die Zuhörer nicht zu enttäuschen, aber es funktioniert nicht. Immer wieder schlage ich die Tasten an, spüre aber nicht den Druck mit dem Finger und höre auch keinen Ton. Es ist zum Verzweifeln! Endlich erklingt ein Akkord, aber furchtbar schräg und falsch. Ich halte mir die Ohren zu, doch das schreckliche Fiepen hört nicht auf. Entsetzt und peinlich berührt stehe ich auf und laufe davon, verfolgt vom Gelächter des Publikums und von grauenhaft schrägen Zithertönen.
Ich werde wach! Alles war nur ein Traum. Erleichtert seufze ich. Meine rechte Hand ist eingeschlafen, die Fingerspitzen kribbeln unangenehm, weshalb ich die Hand öffne und schließe und mit der linken Hand jeden einzelnen Finger massiere. Die schrecklichen Töne sind immer noch da. Es ist das Hoteltelefon.

„Wann reisen Sie ab?"

„Das weiß ich noch nicht."

Warum ist das wichtig? Das Hotel ist kaum zur Hälfte belegt. Die sollten froh sein, wenn ich noch länger bleibe.

„Wir schließen über Weihnachten und öffnen erst im neuen Jahr wieder."

Ich lege auf und verstehe nicht, weshalb sie zur besten Zeit des Jahres schließen. Viele Leute besuchen zum Fest ihre Verwandten, nicht alle können in der Wohnung ihrer Lieben unterkommen. Auf jeden Fall muss ich mir etwas einfallen lassen. Zuerst werde ich die Wohnung von Amelies verstorbener Nachbarin anschauen und dann sehe ich weiter.

*****

Gleich am nächsten Tag überredet mich Karl, mit ihm auf den Obermarkt zu gehen. Wozu? Kann er das nicht allein?

„Du wirst es nicht bereuen", lockt er.

Da bin ich mir nicht so sicher, weil ich keinen Wert auf die Gesellschaft von diesem Besserwisser lege. Aber die Sonne scheint, ich habe gute Laune und nehme mir fest vor, mir diese nicht verderben zu lassen. Schon gar nicht von Karl.

„Musst du immer diese scheußlich bunte Flickenjacke tragen?"

Karl antwortet nicht, er lacht nur.

Dazu hat er sich ein weinrotes Seeräubertuch um den Kopf gebunden, als wäre Fasching. Wir werden auffallen wie bunte Hunde, was mir überhaupt nicht passt. Und wirklich: Viele Leute drehen sich nach uns um und Karl winkt allen fröhlich zu. Kennt er die alle? Oder ist es in Kleinstädten üblich, jeden zu grüßen?

Mitten auf dem Platz steht ein großer geschmückter Tannenbaum, aber keine einzige Bude wie sonst üblich auf einem Weihnachtsmarkt. Es gibt weder Bratwurst noch Glühwein oder warme Mützen zu kaufen. Trotzdem ist der ganze Platz dicht gedrängt von Menschen und es werden immer mehr. Was wollen die hier? Sie schauen gebannt auf den Rathausturm. Ich folge ihren Blicken, kann aber nichts besonderes entdecken. Mir wird schon kalt vom Herumstehen. So langsam wird es dunkel und mit einem Mal hört das Gemurmel um mich herum auf und es wird still. Dann erklingt leise eine Glocke und noch eine. Ich schaue noch einmal genauer zum Turm und entdecke direkt unter der Turmuhr eine Art Fenster, in dem sich verschieden große Glocken befinden. Sie spielen eine mir unbekannte Melodie. Als sie endet, ertönt Jubel und die Menschen klatschen in die Hände.

Jetzt öffnen sich zwei Fenster in einem reich verzierten Erker. Hinter jedem stehen zwei Männer mit Blasinstrumenten.

„Der Mann ganz links mit der Posaune ist mein Freund Armin, der mit der Trompete sein Bruder, das Tenorhorn spielt der Vater der beiden. Den anderen Bläser kenne ich nicht."

Blasmusik halte ich in der Weihnachtszeit nicht für angebracht. Die passt meiner Meinung nach nur zu Militär-Aufmärschen. Ich rechne also mit Marschmusik. Zuerst bläst der Trompeter eine Art Signal, dann fallen die Posaunen und das Horn ein. Plötzlich ertönt rings um mich ein kräftiger Gesang, in den auch Karl einstimmt.

Glück auf, Glück auf!
Der Steiger kommt
und er hat sein helles Licht bei der Nacht;
und er hat sein helles Licht bei der Nacht
schon angezünd, schon angezünd.

Das Lied ist lang, hat fünf Strophen, die offenbar allen Leuten bekannt sind. Nur mir nicht. Mir geht dieser Gesang der unzählig vielen versammelten Menschen ans Herz, tausende Stimmen vereinen sich zu einem wunderschönen Chor. Die Melodie ist die gleiche wie vorhin beim Glockenspiel. Mich ergreift diese ganz besondere Stimmung und ich hätte gern mitgesungen, stimme aber nur bei den Textwiederholungen mit ein.

Als wir den Platz verlassen wollen, geht es nicht vorwärts. Die Leute bleiben ratlos stehen oder versuchen, sich durch die Massen durchzudrängen. Karl ist fast einen Kopf größer als ich und steigt die drei Stufen zum Brunnen hinauf.

„Polizei!", ruft er aus. „Wir sind eingekesselt."

Die Polizisten lassen die Leute nur schubweise durch, von einigen verlangen sie die Papiere und nehmen die Daten auf. Auch unsere Ausweise werden kontrolliert.

„Sie kommen aus München? Weshalb?"

Mir verschlägt es die Sprache und ich schaue mich hilfesuchend nach Karl um.

„Sie ist meine Braut und beginnt ab Januar eine Arbeit in Freiberg."

Ich nicke eifrig und ergänze: „Im Stadtamt."

Erst, nachdem wir beide unsere Ausweise wieder erhalten und weggesteckt haben, werde ich wütend und fauche: „Wie kannst du es wagen, mich als deine Braut auszugeben?"

Karl lacht, umfasst meine Taille und wirbelt mich im Kreis. Jetzt schmiere ich ihm wirklich eine! Aber er hält meine Arme fest und lacht mir frech ins Gesicht.

„Dein Hotel hätte Ärger bekommen."

„Wieso das? Ich habe ganz normal gebucht."

„Dummchen!"

Ich reiße mich los und stapfe verärgert davon. Ärgerlich auf mich selbst, weil ich freundlich und brav bleibe, obwohl Karl frech und anmaßend ist. Denkt er, mit mir kann er so umgehen, weil ich es mir gefallen lasse? Für meine Feigheit schäme ich mich. Für das Bravsein. Wie kann er es wagen, mich Dummchen zu nennen? Und wieso sollte das Hotel Ärger mit der Polizei bekommen? Es ist ein gutes Hotel mit vier Sternen. Aber Karl frage ich nicht, weil ich mit so einem arroganten Typ nicht diskutiere. Er ist keinen Streit wert. Ich denke mir meinen Teil, sage nichts und beachte ihn gar nicht. Er ist Luft für mich.

*****

Ich wache am Morgen auf und freue mich über die Sonne, die ins Zimmer scheint. Meine Welt ist in Ordnung, aber nur kurz. Dann fällt mir ein, dass ich zwar ich bin, aber eine Andere als die, die ich früher war. Für meine Mutter ist es schlimm, dass ich anders bin, als ich früher war. Sie will, dass ich wieder so werde und bleibe wie die alte Elvira.

Doch Silke, ihre Mutter und Tonja mögen mich so, wie ich heute bin. Vielleicht sogar Karl. Aber der zählt nicht, weil er so eingebildet ist und glaubt, er weiß, was gut für mich ist. Dabei kennt er mich gar nicht. Nicht einmal ich kenne mich.

Auf meinem Frühstückstisch liegt die örtliche Tageszeitung. Ich lese nicht gern Zeitung, weil sie so ausladend ist und den ganzen Tisch bedeckt. Aber mich lockt die Überschrift *Rechtsradikale Aufwiegler ignorieren Notverordnung.* Darunter ist ein Foto vom Obermarkt, wo sich gestern so viele fröhliche Menschen versammelten und gemeinsam sangen. Aber das Steigerlied wurde nicht erwähnt. Von einer unangemeldeten Demonstration ist die Rede und dass kaum jemand eine Maske trug. Warum eine Maske? Damit kann man nicht singen! Außerdem wird der Bürgermeister scharf kritisiert, weil er nicht verhinderte, dass die Musiker ins Rathaus gelangten und dieses Lied bliesen, das den Leuten so gut gefallen hat.

Alles wird gut

Obwohl ich es nicht will, begleitet mich Karl ins Nachbarhaus, wo ich die Wohnung der verstorbenen Frau anschaue. Die drei Zimmer sind wirklich klein, das Bad dagegen ungewöhnlich groß.
„Sie haben die Wand zur Vorratskammer herausgebrochen und somit das winzige Klo in ein modernes Duschbad umgebaut", erklärt Karl. „Du solltest die Wand zwischen Stube und Küche entfernen, um einen schönen großen Raum zu bekommen."
Wieder sagt mir Karl, was ich machen soll. Glaubt er, ich komme allein nicht zurecht? Trotzdem gefällt mir die Idee, aus zwei kleinen Zimmern ein großes zu machen. Eine separate Küche halte ich sowieso für überflüssig. Allerdings müsste mir Vater finanziell unter die Arme greifen. Dabei hatte ich

mir fest vorgenommen, kein Geld mehr von ihm zu nehmen. Das habe ich ihm sogar klipp und klar gesagt. Er wird höhnisch lachen, wenn ich ihm um Unterstützung bitte.

„Ich kenne viele Handwerker. Die erledigen das fix, streichen auch die Wände neu und bauen eine Küche ein."

Fassungslos schaue ich Karl an. Wieder sagt er, wie es laufen muss und hat gleich Lösungen parat für ein Problem, das ich noch gar nicht habe. Noch weiß ich nicht, ob ich die Wohnung überhaupt will. Falls doch, würde ich ganz sicher nicht auf Karls Hilfe zurückgreifen. Diesem Schnösel will ich keinesfalls ewig dankbar sein. Zwar kenne ich keine Handwerker, die noch dazu schnell und zuverlässig arbeiten, aber für Geld gibt es alles. Vaters Geld, erinnere ich mich zerknirscht.

„Du nimmst die Wohnung und hast kurze Wege zu meiner Mutter!"

Warum sollte ich in Amelies Nähe wohnen wollen? Spielt er auf ihren Vorschlag an, dass ich ihr beim Kochen und Backen helfen könnte, wenn ich mag? Ich mag aber nicht. Ich will nicht in einer Küche versauern. Amelie würde mir die Hälfte der Einnahmen geben, damit ich meine Miete bezahlen kann. Zumindest so lange, bis ich eine *richtige* Arbeit gefunden habe. Das würde mir helfen, aber mich stört Karls Befehl: „Du nimmst die Wohnung!" Was bildet der sich ein?

„Ich organisiere die Handwerker. Schon in einer Woche ist die Bude ein Schmuckstück und du kannst einziehen."

„Wie stellst du dir das vor?", brause ich auf.

„Hast du Möbel? Bett, Tisch, Stühle?"

„Und wenn?"

„Wenn ja, solltest du sofort den Transport organisieren. Wenn nicht, baue ich sie dir."

Das wird ja immer besser. Der Typ ist komplett verrückt! Ich habe mich noch nicht für die Wohnung entschieden, weiß nicht einmal, wie hoch die Miete ist und Karl plant schon den Umzug. *Meinen* Umzug!

„Du spinnst!"

Mit Karls Selbstbewusstsein kann ich einfach nicht umgehen. Schon mit seiner bunten Flickenjacke und dem albernen Tuch fällt er überall auf, weil er auffallen *will*. Jeder kennt und grüßt ihn. Für jeden hat er einen Rat, immer ungebeten. Es heißt Rat-*schlag*. Darin ist das Wort Schlag enthalten. Seine ungebetenen Ratschläge sind unerträglich, frech und eine wahre Provokation. Deshalb wollte ich ihn nicht zur Besichtigung mitnehmen, aber er ließ sich wie immer nicht abweisen. Ich weiß nicht, wie ich ihm aus dem Weg gehen kann, weil er ständig bei seiner Mutter herumhängt, als hätte er nichts zu tun.

*****

Und doch kommt es genauso, wie Karl es bestimmt hat. Ich habe mich wieder einmal von ihm überrumpeln lassen. Mir gefällt meine neue Wohnung, ich bin sogar überaus begeistert. Aber ich habe sie mir nicht selbst ausgesucht. Zwei von Karls befreundeten Handwerkern haben die Mauer zwischen Küche und Stube herausgebrochen, den Fliesenspiegel erneuert und in Flur und Küche hellgelbes Linoleum verlegt. Ich wollte Laminat, aber Karl sagt, Linoleum ist pflegeleichter und haltbarer. Ich muss zugeben, dass er Recht hatte. Die ganze Wohnung wirkt wunderbar warm und einladend.

Mutter will meine Wohnung im Elternhaus nicht antasten. Sie schickte mir nur meine Kleider. Von Vater bekam ich 10.000 Euro für neue Möbel, wovon ich eine Küchenzeile kaufte, ein günstiges Ausstellungsstück, das sofort geliefert wurde. Und zwei blassblaue Sessel, einen Kleiderschrank und eine Matratze für mein riesiges Bett, das Karl für mich gebaut hat. Er fertigt auch einen Esstisch, vier Stühle und einen kleinen dreieckigen Beistelltisch.

„Ich habe Lärche gewählt. Die sieht nicht nur besonders schön aus und hält ein Leben lang, sie tötet Bakterien, schafft ein wunderbar natürliches Raumklima und reduziert Stress", erklärt Karl, obwohl ich auf seine Vorträge gut verzichten kann.

Mir ist nur wichtig, das die Möbel wunderschön sind. Entzückt streiche ich mit der Hand immer und immer wieder über das wunderbar verarbeitete Holz. Vor die Fenster hängte ich kurze Scheibengardinen, die genauso aussehen wie die bei meiner Oma. Amelie nähte bodenlange Vorhänge, gelb für die Stube und blau fürs Schlafzimmer. Es fehlen nur noch Bilder für die Wand.

Hier fühle ich mich wohl.

Der erste Schritt in meine neue Heimat ist getan. Nun fehlt nur noch das Wichtigste: eine gut bezahlte und interessante Arbeit. Die Wohnungsfirma will mich nicht beschäftigen wegen meines bayrischen Dialekts. Dem Stadtamt gefällt, dass ich aus München komme, aber sie fordern einen Impfnachweis. Zuerst glaubte ich, sie meinen Masern und bat Mutter, mir den Nachweis zu schicken. Doch Karl erklärte, dass es um die Covid-Impfpflicht geht, die für alle Neueinstellungen gilt, neuerdings auch für Gäste im Hotel.

„Im Hotel?"

„Haben sie dich nicht gefragt, ob du gegen Corona geimpft bist?"

Das nicht. Aber mir fällt ein, dass sie mich neulich fragten, wann ich abreise und sehr erleichtert reagierten, als ich für morgen um die Rechnung bat.

„Mich lassen sie ohne Nachweis nicht mehr im Amt und in der Klinik arbeiten", sagt Karl. „Das geht nur noch privat."

„Aber warum?"

„Dummchen! Siehst du keine Nachrichten?"

Nachrichten interessieren mich nicht, darin geht es nur um Politik und Katastrophen. Meine private Katastrophe reicht mir völlig aus.

„Nenne mich nicht Dummchen!", fauche ich.

Irgendwann schmiere ich ihm wirklich eine. Wie werde ich diesen *protzerten Voideppn* los? Er läuft mir nach wie ein Hündchen. Das nervt!

*****

Karl fährt mein Gepäck in die neue Wohnung. Das wollte ich nicht, aber er schnappte einfach meinen Koffer und packte ihn in sein Auto, während ich die Hotelrechnung bezahlte.

Der Idiot trägt mich sogar über die Schwelle! Seine Dreistigkeit ist wirklich nicht zu ertragen.

„Tadaa!", ruft er aus und öffnet den Kühlschrank, der bis zum Rand gefüllt ist.

Daran, dass ich Lebensmittel einkaufen muss, habe ich überhaupt nicht gedacht. Wie peinlich! Und wieder total übergriffig von Karl. Was kümmert ihn, ob ich etwas zu essen habe oder nicht? Um seine Dreistigkeit noch zu überbieten, gießt er Sekt in zwei Gläser.

„Auf deine neue Wohnung!"

Nun muss ich doch lachen und heimlich zugeben,

dass ich wohl ohne Karls und Amelies Hilfe aufge-
schmissen wäre. Ich bin sechsundzwanzig Jahre
alt und kann mir offensichtlich nicht selbst helfen.
Mit einem einzigen Schluck leere ich mein Glas.
„Oh! Oh!", macht Karl und zieht die Brauen hoch.
„Verzieh dich!", zische ich und lasse mich erschöpft
in den Sessel fallen. „Du gehst mir auf die Nerven."
Karl lacht. Es ist ein hoffnungsloses Lachen, eines,
das ich noch nicht von ihm kenne.

Kurz, bevor es dunkel wird, geht draußen vor dem
Haus die Laterne an und beleuchtet die Stube. Ich
habe keine Lust, aufzustehen, die Vorhänge zu
schließen und Licht zu machen. Außerdem ist es
hell genug. Ich kann den Tisch, den Schrank und
den Fernseher erkennen.
Ich bin erschöpft, weil ich mich viel zu sehr bemüht, aber eigentlich gar nicht viel getan habe. Ich
wollte alles richtig machen, aber nichts ist mir wirklich gelungen. Ich fühle mich nach wie vor fremd
hier, will aber nicht zurück nach Hause, weil ich
München nicht als mein Zuhause empfinde.

Ich mache viele Fotos und schicke sie an Mutter
und auch an Evi. Mutter reagiert mit einem lachen-
den Smiley, Evi mit einem weinenden. Gefällt ihr
meine Wohnung nicht?
Wie kann man so leben?, schreibt sie. *Du wolltest
eine berühmte Anwältin werden, nach New York*

gehen, im Penthouse leben. Jetzt machst du auf Bescheiden, bist ohne jeden Ehrgeiz und gibst dich mit seltsamen Leuten ab.

Seltsame Leute. Damit meint sie Amelie und Karl, die wirklich seltsam sind. Karl repariert tagein tagaus alte Fenster, obwohl er schöne Möbel bauen kann. Amelie verbringt ganze Tage in der Küche, um für ihre Nachbarn zu kochen und zu backen. Das ist langweilig und ohne jede Herausforderung. Für mich bedeutet Teigkneten Arbeit und nicht wie für Amelie Befriedigung. Wie kann sie auf Dauer mit solch einer niederen Tätigkeit zufrieden sein? Von der miesen Bezahlung ganz zu schweigen! Ihre leckeren Plätzchen verschenkt sie sogar und zwar ausgerechnet an die Nachbarn, die sie mit dem Wichtelfest im Stich ließen. Amelie sagt, sie hätten ihre Gründe, weshalb sie nicht zum Fest kamen. Das mag sein. Trotzdem hätten sie Bescheid geben müssen – und zwar rechtzeitig. Die wären Luft für mich, ich würde sie nicht einmal mehr grüßen. Doch Amelie schenkt ihnen selbstgebackene Kekse, statt die Preise für Kuchen und Rouladen saftig zu erhöhen. Doch davon will sie nichts hören.

Sie sagt, Geld bringt nicht die Freude am Leben, das schafft nur ein angenehmes Umfeld. Man muss glücklich sein, damit man glücklich machen kann. Wer im Alltag nach dem Besonderen giert, wird nie zufrieden sein.

Ist Amelie zufrieden, obwohl die Nachbarn sie im Stich ließen? Obwohl sie dem langsamen Sterben ihrer Tochter zusehen muss? Obwohl sie keinen Partner hat, der sie unterstützt? Auf mich wirkt sie nicht nur zufrieden, sondern direkt glücklich. Ich spüre ihre Freude, wenn sie helfen kann. Sie hilft jederzeit ihren Nachbarn, ihrer Tochter und auch mir. Ich fühle mich wohl in ihrer Gegenwart und besuche sie fast täglich. Sie lenkt mich von meinen eigenen Problemen ab und steckt mich mit ihrer Fröhlichkeit an. Sie bringt mir alte Volkslieder bei, die mir sämtlich völlig unbekannt sind. Vielleicht habe ich sie früher in der Schule oder daheim gesungen; ich weiß es nur nicht mehr.

Ich weiß so vieles nicht, eigentlich gar nichts. Wenn ich allein bin und über mich und mein Leben nachdenke, fühle ich eine Leere in mir. Als wäre ich aus meinem Leben gefallen, falle immer weiter und finde erst Ruhe, wenn ich unten angekommen bin. Was passiert dann, wenn ich ganz unten bin? Bin ich dann ganz verloren? Oder muss ich einfach nur ganz von vorne anfangen? Doch so einfach ist das nicht. Ich habe zwar jetzt eine hübsche kleine Wohnung, doch noch immer keine passende Arbeit gefunden. Es sei denn, ich rechne das Backen und Kochen mit Amelie dazu. Das ist keine Arbeit für mich, sie erfüllt mich nicht. Ich genieße nur Amelies Gesellschaft und ihre stets gute Laune.

*****

Amelie lässt die Tür zur Wohnstube offen, weil dort Silke in ihrem Pflegebett liegt. So hört sie, wie wir reden, lachen und singen und Amelie hört, wenn ihre Tochter ruft. Silkes Pflegebett steht direkt am Fenster mit Blick auf die Straße und den Fußweg. So sieht sie die Leute, die am Haus vorbei gehen oder die Autos, Kinder, Schneeflocken oder was auch immer. Ich schaue jedes Mal kurz zu ihr, wenn ich komme und wenn ich gehe. Wenn Silke etwas sagt, verstehe ich sie nicht. Sie bewegt die Lippen, aber ich kann keinen Ton hören. Doch meist nickt sie mir nur kurz zu, manchmal reagiert sie gar nicht und wirkt wie in einer anderen Welt.

Auf ihren Füßen liegt meist eine rote Katze, die mir bisher noch gar nicht aufgefallen ist. Ich glaube, wir hatten nie Haustiere, weder Hund noch Katze. Jedenfalls ließ nichts in den großen Haus meiner Eltern darauf schließen.

Lichterfest

Soll ich Weihnachten nach Hause fahren? Lust dazu verspüre ich keine. Mutter sagt, dass sich wie immer am ersten Feiertag die ganze Familie versammelt und gemeinsam den Gottesdienst besucht. Anschließend ist im nahen Gasthof ein Tisch für uns reserviert. Für mich klingt das nicht nach einem Fest, zumal ich keinen Bezug zur katholischen Kirche spüre.

Die erzgebirgischen Bräuche von Amelies Familie gefallen mir besser. Sie gehen in keine Kirche, sie singen daheim fröhliche Winterlieder über gemütliches Beisammensein in warmen Stuben. Am 24. Dezember gibt es am Abend Naanerla (Neunerlei), das aus neun Zutaten besteht, von denen jede eine besondere Bedeutung hat. Die Gans bringt Glück, grüne Klöße Wohlstand, Bratwurst gibt Herzlichkeit, Sellerie Fruchtbarkeit, Linsen stehen für Kleingeld, Sauerkraut für Gesundheit, Pilze und rote Bete für Freude und der Bratapfel zum Nachtisch für das süße Leben und den Zusammenhalt in der Familie. Dieses genussvolle Ritual soll Gelassenheit, Ruhe und Besinnlichkeit am Tisch und in der Stube verbreiten.

Amelie hat mich eingeladen, falls ich nicht nach Hause fahre. Ich habe sofort zugesagt und mich hinterher geärgert, weil auch Karl da sein und mir die Laune verderben wird mit seiner Selbstgefälligkeit.

Was er sagt, ist nicht direkt dumm. Aber ich ertrage seine Art nicht. Ich ertrage *ihn* nicht. Er ist Sachse und ich bin Bayer, das ist ein großer Unterschied. Wir wurden beide nach der Wende geboren, nach dem Ende der DDR. Ich weiß davon nichts. Aber er glaubt alles zu wissen, obwohl er nichts davon erlebt hat. Er will, dass ich von der Diktatur in der DDR erfahre. Aber wozu? Das ist dreißig Jahre her und interessiert heute keinen Menschen mehr. Mich schon gar nicht. Ich will es nicht wissen.

„Du musst mich nicht belehren!", sage ich scharf. „Du musst mich auch nicht von dir und deinesgleichen überzeugen. Du musst mich so sehen, wie ich im Moment bin!"

„Aber das tue ich doch!"

„Tust du nicht!"

Er begreift es nicht. Karl wirft mir meine heile Welt vor, für die ich gar nichts kann. Er prahlt mit seinen Erfahrungen, die er gar nicht selbst gemacht hat, sondern nur aus Erzählungen seiner Mutter kennt. Ich kann nichts aus meiner Jugend erzählen, weil ich mich an nichts erinnere. Aber ich spüre, dass ich behütet und geborgen aufgewachsen bin. Er sagt nicht, dass er mir diese Sicherheit missgönnt, aber ich sehe es an seinem verkrampften Mund.

So schaut er nicht, wenn Tonja erzählt. Ihr zeigt er Mitgefühl. Er behauptet, ich sei oberflächlich und kühl, weil ich nie Probleme wie Armut kennenlernte und nie hart arbeiten musste. Na und? Taugt man in seinen Augen nur etwas, wenn man unter den Lebensumständen gelitten hat? Ich sei ein westdeutsches Wohlstandsprodukt. Ein Produkt!

„Bist du neidisch, weil du nicht so normal aufgewachsen bist wie ich?"

„Neidisch? Worauf? Auf dein fehlendes Verständnis? Tonja und ich sind ganz anders sozialisiert als du und deinesgleichen. Wir besitzen noch normal gesunden Menschenverstand."

Als ob ich keinen gesunden Menschenverstand habe! Ich sehe die Dinge nur anders als er, weil wir aus unterschiedlichen, direkt gegensätzlichen Welten kommen. Deshalb erträgt er nur seinesgleichen, so wie ich nur einen Bayer ertrage, der so denkt wie ich. Vermutlich spielt es keine Rolle, dass ich mich an meine Vergangenheit nicht erinnere. Ich habe trotzdem ein ganz anderes Urvertrauen ins Leben als er mit seiner doofen DDR-Geschichte, wo er meint, sich stets beweisen zu müssen. Mir geht das gehörig auf die Nerven.

„Ich will hier nicht leben. Ich kann es einfach nicht."

„Das überlegst du dir reichlich spät. Deine Wohnung ist renoviert, du hast einen Mietvertrag und kannst nicht einfach davonrennen. Aber das ist so typisch für dich." Karl dreht mir den Rücken zu und ich sehe, wie seine Schultern zucken. „Warum willst du plötzlich weg?", fragt er leise. „Du bist noch gar nicht richtig angekommen."

Weiß er das wirklich nicht? Die Leute hier schauen mich anders an als ihresgleichen.

„Ich bin für euch eine Fremde, eine ganz andere Art Fremde als Tonja. Ich bin ein Wessi und Wessi ist hier ein Schimpfwort."

Karl tritt einen Schritt auf mich zu und ich fürchte, er will mich in den Arm nehmen. Aber er winkt nur ab und geht. Endlich!

*****

Ich mag meine neue Wohnung, zumal sie keine fünf Fußminuten von einem herrlichen Park entfernt liegt. Darin gibt es wunderschöne hohe Laubbäume, einen Springbrunnen, kleine Pavillons und eine große Prunktreppe, die zu einem prächtigen Denkmal führt und gleich darauf in die Fußgängerzone der Innenstadt.

Die Stadt ist nicht groß und hat kaum mehr als 40.000 Einwohner. Ich mag die vielen verwinkelten Gassen, die beiden Marktplätze mit den alten Häusern ringsum und den alten Kirchen. Ich mag es, zu Fuß in die Stadt zu gelangen und nicht wie in München erst eine halbe Stunde U-Bahn fahren zu müssen. Eigentlich möchte ich hier bleiben. Mir fehlt nur noch eine passende Arbeit, die mich ausfüllt und obendrein gut bezahlt wird.

Kurz entschlossen gehe ich zum Bürgerbüro, um meine neue Wohnung anzumelden, aber man lässt mich nicht ein. Dazu brauche ich einen Termin, den ich schriftlich per Mail beantragen muss. Himmel, sind die hier umständlich!

Das erledige ich daheim sofort und erhalte schon am nächsten Tag eine Eingangs-Bestätigung und eine Woche später die Vorladung zum 27. Januar um 11:15 Uhr. Erst in sechs Wochen! Ich werde gebeten, den Termin per Mail zu bestätigen, da er ansonsten storniert wird. Unter dem Text steht: *Wichtiger Hinweis: Wegen der aktuellen Corona-Schutzverordnung gilt **nur mit Terminvereinbarung und 3G.** D.h. Im Rahmen der Kontaktdatenerfassung weisen Sie uns nach, ob Sie <u>geimpft, genesen</u> oder aktuell (innerhalb 24 Stunden) <u>getestet</u> sind. Weiterhin werden Sie gebeten, unser Haus nur aufzusuchen, sofern Sie **symptomfrei** sind und einen **Mund-Nasen-Schutz** (FFP-2-Maske) tragen. Zu Ihrem und unserem Schutz desinfizieren Sie sich bitte die Hände!*

Was soll das? Wo bin ich hier hingeraten? Muss ich diesen Zirkus akzeptieren, wenn ich nur meine Wohnung anmelden will? Mir fällt ein, dass Karl sagte, dass er ungeimpft in Ämtern und auch bei anderen Kunden nicht eingelassen wird. Ich habe ihm nicht geglaubt, weil er ständig irgendwelchen Unsinn erzählt. Und nun lese ich, dass er die Wahrheit sprach und ich am Ende tatsächlich ein Dummchen bin.

Vielleicht war es auch dumm von mir, dass ich meine Bewerbung als Archivar zurückgezogen habe. Nein, diese Arbeit wird zwar gut bezahlt, doch sie gefällt mir nicht. Wenn ich nur endlich herausfinde, was ich machen möchte.

*****

Heute ist der 4. Advent. Amelie erwartet mich zum Mittag. Es soll Tomatensuppe, Kotelett mit Kartoffeln und Pilzbohnen und zum Schluss ein Nusseis mit Mandarinen geben. Danach werden wir uns ein wenig unterhalten und später Stollen essen. Ich hoffe, dass es Silke heute besser geht. Sie wollte gestern nichts essen, nur ihre Ruhe haben. Amelie musste sogar das Zimmer verdunkeln. Hoffentlich kommt Karl nicht wieder angekleckert. Er verdirbt mir jedes Mal die Stimmung mit seinen Belehrungen.

Bis zum Mittag ist noch eine ganze Stunde Zeit und ich schlendere durch den wunderschönen Park. Doch dieses Mal biege ich nicht nach rechts in die Fußgängerzone, sondern nach links ab. Der Weg führt an einer alten hohen Stadtmauer entlang und endet an einem gewaltigen Rundturm. Auf der anderen Straßenseite sehe ich hohe Bäume, gehe durch ein Tor und stehe auf einem Friedhof. Aus der Ferne klingen Bläser, die mich an den ersten Advent auf dem Obermarkt erinnern, als so viele Leute gemeinsam das Steigerlied sangen. Vielleicht sind es die gleichen Musiker? Aber es ist nicht die gleiche Melodie, sie klingt feierlich, direkt traurig.

Wenig später sehe ich drei Musiker mit ihren Blasinstrumenten. Die Posaune gefällt mir besonders gut, weil sie so sanft klingt. Sie spielen zu einer Beerdigung.

Sofort fällt mir Silke ein und ich muss mich abwenden. Ich mag mir nicht vorstellen, dass sie in einem Sarg liegt. Bei dieser Trauergesellschaft sehe ich keinen Sarg, nur eine Urne. Sie ist weiß wie Marmor und hat im oberen Teil einen Kranz aus roten Rosen, was recht hübsch aussieht.

Ich erzähle Amelie davon.

„Bei Silke hat der Sterbeprozess bereits begonnen. Sie wird zusehends schwächer, hat kein Interesse mehr am Familienleben, mag nichts mehr essen – nur noch schlafen."

Erschrocken zeige ich auf die offene Tür und flüstere, dass sie uns hören könnte.

Amelie lächelt.

„Keine Sorge. Silke weiß, dass sie stirbt. Wir haben oft darüber gesprochen."

Entsetzt weiche ich einen Schritt zurück. Man darf mit Kranken nicht über den Tod sprechen. Das weiß ich genau. Man muss ihnen sagen, dass alles gut wird, damit sie den Mut nicht verlieren.

Amelie scheint meine Gedanken zu erraten und sagt: „Das bringt nichts. Man darf die Augen nicht vor der Wirklichkeit verschließen. Der Tod gehört zum Leben, er ist so natürlich wie die Geburt und für den Sterbenden nicht schlimm. Schlimm sind die Krankheit, die Schmerzen, die Angst."

Mir macht der Tod große Angst. Ich möchte nichts von ihm hören und sehen. Wenn ich bei Amelie bin, versuche ich, Silke und ihre Krankheit auszublenden, als sei sie gar nicht da. Seit sie in ihrem Bett bleibt und nicht mehr im Rollstuhl an den Tisch geschoben wird, fällt mir das Hiersein viel leichter, ich kann unbeschwerter reden und sogar mit Appetit essen.

„Wer möchte schon auf einem Friedhof arbeiten, wo man nur tote und weinende Menschen sieht?"

„Bestatter ist ein interessanter Beruf und vor allem sehr vielseitig."

Vielseitig? Grauenhaft!

*****

Trotzdem gebe ich daheim aus reiner Neugier *Bestatter* in meinen Computer ein und lese, dass es ein anerkannter Lehrberuf ist und die Ausbildung drei Jahre dauert. Der Verdienst ist nicht allzu hoch, aber die Aufgaben tatsächlich vielseitig. Man hat seltsamerweise mehr mit Lebenden zu tun als mit den Toten, man berät und organisiert.

In Freiberg gibt es drei Bestattungsinstitute. Ich wähle trotz der späten Stunde die erstbeste Nummer und sage, dass ich mich über eine Tätigkeit in ihrem Haus informieren möchte. Wir vereinbaren einen Termin für den nächsten Tag.

Hinter dem Schreibtisch sitzt eine sehr junge Frau, kaum älter als zwanzig. Sie lächelt, aber nur mit den Augen und zeigt auf einen Sessel in einer Sitzgruppe am Fenster. Dann greift sie nach einer Mappe und setzt sich mir gegenüber.

„Guten Tag. Mein Name ist Marie Sauerbier. Bitte nennen Sie mich einfach Marie."

Sauerbier. Dieser lustige Name passt nicht zu ihrem Beruf. Deshalb ist es wohl gut, dass sie mit ihrem Vornamen angesprochen werden möchte, vor allem, weil sie noch so jung ist.

Auch ich stelle mich vor und sage, dass ich keinen Todesfall in der Familie habe, wobei ich trotzdem an Silke denken muss.

„Ich suche Arbeit. Können Sie meine Hilfe brauchen?"

Nun ist es raus, obwohl ich noch gar nicht weiß, ob mir eine Arbeit auf dem Friedhof gefällt. Aber ich habe gemerkt, dass forsches Herangehen zu mehr Aufgeschlossenheit und mehr Informationen führt. Zurückrudern kann ich immer noch.

Maries Lächeln wird breiter, jetzt lacht auch ihr Mund. Stolz erzählt sie, dass die Firma ihrem Vater gehört und sie Musik in Leipzig studiert.

„Ich bin nur während der Ferien hier. Wenn es die Pandemie nicht gäbe, hätte ich jetzt Auftritte und könnte meinem Vater nicht helfen."

Inzwischen habe ich mich über die Pandemie informiert und weiß, dass zur Zeit keine Kulturveranstaltungen stattfinden.

„Mein Vater sucht tatsächlich eine Hilfe für den

kaufmännischen Bereich, am liebsten eine ausgebildete Bestattungsfachkraft."

Prüfend schaut sie mich an.

„Ich habe in München Jura studiert, möchte aber nicht als Anwalt arbeiten. Ich wohne seit kurzem in Freiberg und könnte mir eine Arbeit als Bestatter vorstellen."

„Früher nannte man uns Totengräber, weil wir die Verstorbenen abholen und die Toten hygienisch und kosmetisch versorgen, Särge und Urnen herrichten und Gräber anlegen."

Ich muss schlucken, denn so hatte ich mir das nicht vorgestellt.

„Das erledigt mein Vater mit seinem Angestellten."

„Das heißt, ich hätte nicht direkt mit den Leichen zu tun?"

Darf man überhaupt Leiche sagen?

Marie schüttelt den Kopf und ich seufze erleichtert.

„Mein Vater sucht jemanden, der die Hinterbliebenen betreut, berät, mit ihnen die Details der Bestattung abklärt und die damit zusammenhängenden Arbeiten organisiert."

Inzwischen hat sich der Vater zu uns gesetzt. Er ist groß und kräftig, strahlt eine angenehme Ruhe aus und ist mir auf Anhieb sympathisch.

„Die Vermittlung der Bestattungsvorsorgeverträge, Kostenkalkulation, Abrechnung mit den Krankenkassen, Versicherungen und Kunden, also den kaufmännischen Kram inklusive der Todesanzeigen würde ich gern jemand anderen überlassen."

Das klingt nach viel Papier, aber damit kann ich umgehen.

„Dieser Jemand sollte Einfühlungsvermögen beim Umgang mit trauernden Hinterbliebenen haben, psychisch stabil sein, Kunden individuell beraten und Trauerfeierlichkeiten organisieren können."

Ich breite meine Arme aus und sage: „Da bin ich!"

Herr Sauerbier lacht schallend und ich werde knallrot. War ich zu frech? Zu salopp? Zu wenig einfühlsam?

„Ein Juristengehalt kann ich natürlich nicht zahlen, aber ich biete eine krisenfeste Stelle, denn gestorben wird immer."

Gestritten wird ebenfalls immer, doch nicht bei jedem Streit zieht man einen Anwalt hinzu. Um den Bestatter kommt allerdings keiner herum.

*****

Ich rufe Mutter an, um ihr zu sagen, dass ich Weihnachten nicht nach München komme.

„Du kannst das Fest unmöglich bei diesen fremden Leuten verbringen. Die sind nicht einmal katholisch. Du kommst heim wie es sich gehört! Dein Vater und deine Schwester sind schließlich auch da."

Vater. Er lässt sich am Ende nur kurz in Kirche und Gasthof mit Frau und Kindern fotografieren und geht dann sofort zu seinem Gschbusi. Evi hat noch keinen festen Freund, aber sie schrieb, dass sie ihre Clique trifft und wollte wissen, ob ich dabei bin. Aber das möchte ich nicht.

„Und Elmar?"

Mutter seufzt und räuspert sich.

„Elmar hat Dienst."

Natürlich müssen Ärzte auch während der Feiertage im Krankenhaus sein.

„Verstehe."

„Ich verstehe den Jungen nicht! Der tut das freiwillig, damit andere Ärzte zu ihren Familien können. Sind wir keine Familie?"

„Er meint sicher die, die kleine Kinder haben."

„Ach was! Kleine Kinder merken nicht, ob der Vater da ist oder nicht. Die bekommen ihre Geschenke auch so. Außerdem ist Elmar *mein* Kind und sollte Weihnachten bei mir sein."

Mir fällt Oma ein.

„Holt ihr Oma zu euch?"

„Wozu?"

„Du bist ihr Kind und hast gesagt, dass das Kind zum Fest zur Mutter gehört."

Mutter sagt nichts. Ich höre sie nur schnaufen. Mir ist klar, dass eine Diskussion nichts bringt. Ich will sie nur informieren, mehr nicht.

„Du hast Recht, Mama", sage ich und wundere mich, wie leicht mir das Mama und das Rechtgeben über die Lippen kommt. „Aber ich lebe jetzt in

Freiberg und möchte das hiesige Lichterfest kennenlernen. Ich komme am zweiten Feiertag zu dir und bleibe vier Tage. Im Januar beginnt meine Arbeit als …" Ich räuspere mich.

„Als was?", hakt Mutter nach.

„Als Bestattungsfachkraft."

„Als was?!", schreit Mutter auf.

„Du hast richtig gehört. Ich werde in einem Beerdigungsinstitut arbeiten."

„Bei einer Leich?"

„Damit habe ich kaum zu tun, darum kümmern sich die Bestatter. Sie überführen den Verstorbenen ..."

„Bist du noch ganz bei Trost, Kind? Du bist studierter Anwalt! Hast du auch das vergessen?"

„Nein, vergessen habe ich das nicht, doch der Umgang mit den Toten ist ehrlicher als der mit den Mandanten."

Ich denke daran, dass bei Anwälten weniger das Recht zählt als die Höhe des Streitwertes und die damit errechnete Gebühr. Bei einer Bestattung geht es nicht um Streit. Ich soll die Angehörigen bei Vorsorgeverträgen beraten und bei der Planung und Durchführung der Trauerfeierlichkeiten helfen. Außerdem bin ich für die notwendigen Behördengänge zuständig. Den Probetag bei dem Bestatter fand ich hochinteressant und äußerst abwechslungsreich.

„Ehrlicher", schnauft Mutter.

Ich höre, dass sie weint, weshalb sie mir sofort leid

tut. Aber ich musste es ihr sagen. Sie soll wissen, was ich mache, auch wenn sie mich nicht versteht.

„Gibt es dort, wo du jetzt bist, keine Anwaltskanzleien?"

„Die gibt es, doch ich will kein Anwalt mehr sein."

„Du wirfst deine komplette Ausbildung weg! Du wirfst dein Leben weg! Was wird dein Vater dazu sagen?"

In Mutters Worten klingt ehrliche Verzweiflung. Ich kann mir denken, was Vater von meiner neuen Berufswahl hält, aber er wird mich nicht umstimmen. Ich verdiene genug, um angenehm leben zu können. Außerdem muss ich lernen, mit dem zu leben, was mir zur Verfügung steht. Ich möchte ohne Vaters Finanzspritzen auskommen.

„Dein Vater und ich halten nicht viel von den Sachsen. Man hört nichts Gutes über die."

„Das mag sein. Doch ich fühle mich hier wohl."

„Du willst also weder der Christvesper noch der Christmette beiwohnen?" Mutter schluchzt. „Was soll nur aus dir werden? Ein Heide?"

Jetzt übertreibt sie.

„Mama, ich kann mich an all das Gedöns in der Kirche nicht erinnern. Mir scheint das unehrlich zu sein. Ich will das nicht."

„Man muss nicht jeden Sonntag in die Kirche, doch Weihnachten und Ostern ist es absolute Pflicht."

Was soll ich noch sagen? Mir fällt nichts mehr ein. Ich will mich mit Mutter nicht streiten. Ich will sie auch nicht kränken. Aber ich habe mich entschieden und verbringe das Fest in Freiberg bei Amelie und ihrer kleinen Familie.

*****

Amelie hat heute nur für drei Leute gedeckt.

„Silke schläft. Sie mag nichts essen", erklärt sie.

Also schaue ich nicht in ihr Zimmer, aber Karl kommt heraus und wirkt betreten. Ich sehe, dass er geweint hat. Wortlos umarmt er mich, setzt sich an den Tisch und zündet die Kerzen der Pyramide an. Um ihn aufzumuntern, frage ich nach seiner Frau, denn mich wundert, dass sie nicht beim Festmahl dabei ist.

„Frau? Ich habe keine Frau."

„Nicht? Du hast gesagt, dass deine Frau im Büro helfen soll."

„Wenn ich mal eine habe. Jetzt habe ich nur dich."

Genervt winke ich ab, weil ich seine blöden Scherze nicht mag. Warum kann er nie normal mit mir reden?

Ich konzentriere mich auf die Linsensuppe, die Amelie aufträgt, dazu selbstgebackenes Schwarzbrot, was hervorragend schmeckt. Die Stimmung hat sich inzwischen entspannt. Als die Bratwurst mit Kartoffelbrei und Sauerkraut aufgetragen wird, singt Karl:

Mer hoom aah Nanerlaa gekocht,
a Worscht un Sauerkraut;
mei Mutter hot sich ogeplogt,
die gute alte Haut.

Es gibt noch weitere lustige Strophen über Butter-
stollen und Bier. Mittlerweile verstehe ich den Text
und kann herzhaft mitlachen.
Vor dem Nachtisch gießt Karl einen dunklen Kräu-
terlikör in kleine Gläser.
„Die Freiberger Magenwürze hilft wunderbar bei
der Verdauung", verkündet er mit wichtiger Miene.
Mir schmeckt das bittersüße Zeug und ich lasse
mir gern nachschenken.

Zum Vesper gibt es Stollen und Kekse, natürlich
von Amelie selbst gebacken. Ich fühle mich wohl in
ihrer Gesellschaft und freue mich, als sie und Karl
ihre Instrumente auspacken und erzgebirgische
Lieder anstimmen.
Danach schenkt mir Karl eine Bratpfanne, weil er
weiß, dass ich keine habe. Von Amelie bekomme
ich eine Schachtel mit zwölf verschiedenen Gewür-
zen. Offenbar glauben beide, dass ich in naher Zukunft koche. Dabei kann ich es gar nicht. Natürlich
könnte ich mir bei Amelie Tricks abschauen, aber
dazu fehlt mir die Lust.
Amelie muss mich nicht lange bitten, zum Abendessen zu bleiben. Es gibt ihren besonderen Kartof-

felsalat, der mir ausgesprochen gut schmeckt, dazu Wiener Würstchen. Karl und Amelie trinken Bier, ich Wein.

Als Karl ins Nebenzimmer bei Silke verschwindet, beklage ich mich: „Ich bin gern bei dir, aber deinem Sohn gefällt das nicht."

„Wie kommst du darauf?"

„Er bevormundet mich, als wäre ich ein kleines Kind. Ich mag das nicht und ich spüre, dass er mich nicht mag."

Am liebsten hätte ich deutlich gesagt, dass ich *ihn* nicht mag, dass er mir zuwider ist. Aber das geht natürlich nicht, denn Amelie ist seine Mutter.

„Was man weiß und was man meint zu wissen, sind manchmal zwei unterschiedliche Dinge."

„Was meinst du damit?"

„Ich fahre dich nach München", verkündet Karl.

„Warum das?", frage ich verärgert zurück.

Wieder bestimmt er einfach und hält es nicht für nötig, mich zu fragen.

„Ist bequemer für dich als die sechs oder acht Stunden im Zug. Du musst nicht umsteigen, brauchst in meinem Auto keine Maske, hast einen wunderbaren Unterhalter ...", er klopft sich auf die Brust, „und rückzu einen Gepäckträger. Außerdem heißt es, dass man sich die Schwiegermutter vor der Hochzeit ansehen muss und vor allem ihre Küche samt Kühlschrank, damit man weiß, was einen erwartet."

„Spinnst du?", schreie ich ihn an, während Amelie lauthals lacht. „Du bist und bleibst ein damischer Voidepp!"

„Ich liebe dein Bayrisch." Karl legt beide Hände an sein Herz. „Die Koseworte klingen immer besonders sanft und freundlich."

„Du ausgschamter Aff!", schimpfe ich. „Das sind Schimpfworte."

Karl zieht ein erstauntes Gesicht und fragt scheinheilig: „Echt?"

„Ich habe noch mehr: Gschnappada Gscheidhaferl! Narrischer Lackl! Zeck!"

Verärgert schnappe ich nach Luft. Karl hält seinen Kopf schräg und runzelt die Stirn.

„Verstanden habe ich nichts, aber es klingt ganz wunderbar. Das musst du mir unbedingt mal übersetzen! Aber sag mal, wie heißt auf bayrisch *ich liebe dich*?"

Amelie lacht nicht mehr. Sie hält sich ihre Hand vor den Mund und sieht mich mit aufgerissenen Augen an. Was hat sie nur?

Ich lehne mich zurück und mustere Karl, der direkt kindisch wirkt mit seinem aufmerksamen Getue.

„Wörtlich übersetzt: I liab di. Aber so einen bleedn Schmarrn würde kein Bayer sagen."

„Warum nicht?"

„Wir sind halt nicht so gefühlsduselig wie ihr Sachsen. Maximal möglich wäre: *I mog di.*"

„Ich mag dich, reicht mir nicht für eine Frau, die ich liebe. Ich mag den Wald, Musik und meine Arbeit. Liebe ist viel stärker. Ich liebe meine Mutter und meine Schwester. *Schliebdsch* sagt der Sachse."

Ich muss kichern, als ich mir vorstelle, dass das einer zu mir sagt.

Karl runzelt die Stirn und fragt ärgerlich: „Warum lachst du?"

Ich versuche, mir das Lachen zu verbeißen. Aber es gelingt nicht und ich pruste laut los.

„Weil das saublöd klingt: Schliebdsch."

Dabei ziehe ich ein Schnute und versuche, wie Karl die drei Worte als einziges Wort auszusprechen. Das ist lustig und ich lache noch mehr.

*****

Am nächsten Morgen brummt mir der Schädel. Was ist passiert? Hatte ich zu viel Wein? Oder zu viel Likör? Oder zu viel von beidem? Ich weiß nicht mehr, ob ich nett oder gemein war. Ich will nicht gemein sein, das will ich nie. Nicht einmal zu Karl, dem Voideppn. Aber ich habe das Gefühl, dass wir uns gestritten haben. Mit Amelie bestimmt nicht, eher mit Karl. Ich weiß nicht einmal, wie ich nach Hause kam. Allein? Oder hat mich Karl begleitet? Karl!

Mir steigt die Schamesröte ins Gesicht. Ich habe von ihm geträumt und versuche die Bilder von diesem peinlichen Traum zu verscheuchen, was mir leider nicht gelingt. Wir haben uns geküsst und uns wie wild umarmt und noch viel mehr. Ausgerechnet Karl! Den ich nicht ausstehen kann.

Mir fällt *schliebdsch* ein und ich muss kichern. Er redet wirklich viel Unsinn, wenn der Tag lang ist. Ich schlage die Decke zurück und will ins Bad huschen. Da steht plötzlich Karl vor mir. Er trägt Jeans, aber kein Oberteil. Und ich bin splitternackt! Eilig krieche ich zurück ins Bett und ziehe die Decke bis hinauf zur Nasenspitze.

„Was machst du hier?", frage ich entgeistert und erkenne meine eigene Stimme nicht.

„Frühstück. Ich mache Frühstück. Soll ich es dir ins Bett bringen oder kommst du an den Tisch?"

„Was?"

„Es gibt Rührei mit Speck, dazu Toast und natürlich Kaffee."

„Was?", wiederhole ich und kreische fast dabei.

„Rührei mit Speck, Tost und Kaffee."

Der Typ verarscht mich.

„Verschwinde!", zische ich.

„Nö! Wir sind jetzt verlobt."

„Verlobt?"

Wie ein Papagei wiederhole ich seine letzten Worte und merke, wie dumm das ist.

Karl zuckt gelassen mit der Schulter.

„Schau auf deine linke Hand! Du hast auf den Ring bestanden, der nicht leicht zu beschaffen war."

„Ring!"

Ich betrachte meine linke Hand. Am Ringfinger sitzt über meinem Ring mit dem kleinen Diamant ein weiterer Ring, einer aus gedrehtem Papier.

„Es gab nur den aus Zinnfolie", erklärt Karl. „Aber wenn du jetzt nicht an den Tisch kommst, werden die Eier kalt."

Die Eier werden kalt, wiederhole ich in Gedanken. Karl hat Rührei gemacht in *meiner* Küche mit meiner neuen Pfanne, Speck und Toastbrot gefunden und Kaffee gekocht. Das dringt so langsam in mein Hirn. Und doch verstehe ich gar nichts.

Hat er bei mir geschlafen? Hat er etwa *mit* mir geschlafen?

„Haben wir … ich meine, der Ring … haben wir?"

„Nein, wir haben nicht. Du wolltest, bist aber eingeschlafen, bevor ich aus dem Bad kam. So blieb mir nur das Vergnügen, deinen wunderschönen nackten Körper zu betrachten."

„Du hast *was*?"

„Ich habe dich angeschaut." Karl lacht mich an, wobei sein Mund so breit wird, dass er scheinbar von einem Ohr zum anderen reicht. „Sei nicht traurig! Wir holen den Mulatschak nach. „Aber jetzt zieh dir lieber etwas über, wenn wir frühstücken."

Ich schlüpfe schnell in Jeans und Pulli und setze mich an den festlich gedeckten Frühstückstisch. Sogar an Servietten hat Karl gedacht. Ich stochere in meinem Rührei und wage nicht, aufzusehen.

„Sei nicht traurig! Wir holen den Mulatschak nach", wiederholt Karl. „Doch zuerst stärken wir uns. Lass es dir schmecken!"

Was ist ein Mulatschak? Etwas zu essen? Ein Treffen mit Freunden? Eigentlich will ich es gar nicht wissen.

Trotzdem frage ich leise: „Was ist das?"

„Gestern hast du´s noch gewusst und gewollt."

Er grinst mich derart frech an, dass ich mir denken kann, worum es geht. Doch nun ist die Frage gefragt und ich kann sie nicht mehr zurücknehmen.

Karl sonnt sich in seiner Rolle. Ihn kümmert meine Verlegenheit nicht im Mindesten.

„Mulatschak ist ungarisch und steht für Vergnügen, bei mir ganz speziell für ..."

„Sag´s nicht!"

Er lacht, steht auf und nimmt mich in den Arm. Ich weiß nicht, warum, aber ich wehre mich nicht. Karl hebt mich hoch und trägt mich ins Schlafzimmer.

„Nein, ich sage es nicht. Wir gehen sofort ins Bett und feiern unseren Mulatschak."

„Das Hotel meines Mannes" ist ein weiterer Roman der Autorin Petra Weise.

Klappentext: Die Türkin Hanife heiratet den Hotelier Henry und folgt ihm ins Ausseer Land. Erst dort erfährt sie von seinen Frauen und Kindern und merkt, dass sie ihn überhaupt nicht kennt. Soll sie ihn so, wie er ist akzeptieren oder sich scheiden lassen und zu ihren Eltern zurückkehren?

Petra Weise wurde 1954 in Freiberg/Sachsen geboren und lebt nach zahlreichen Wohnungswechseln durch Hessen und Bayern seit 1993 wieder in ihrer Heimat Sachsen.

Sie liebt das Erzgebirge mit all seinen Traditionen. Wenn sie nicht schreibt oder liest, wandert sie gern durch den Wald, malt oder spielt Klavier.

www.autorinpetraweise.de